ニセ坊っちゃん

東 貴博

幻冬舎

父と二人の珍しい写真。貴博、11歳。父、八郎は役作りのため髭を伸ばしていた。

ニセ坊っちゃん

プロローグ――お前のオヤジってバカだよな！

お前のオヤジってバカだよな！
僕の人生は、この言葉に振りまわされつづけてきた。
父親がテレビに出ている。
バカなことをやっている。
家の中でもやっている。
外を歩いていると、知らない人が声を掛けてくる。
『うちのパパは有名なんだ』『すごいなぁ』と思う反面、恥ずかしかった。
まず、周りの目が気になる。
周りの人が笑っている。
僕のパパを見て笑っている。

普通のお父さんはテレビに出ていない。

バカなことをしていない。

家の中ではやっているかもしれない。

でも、有名ではない。

僕は普通の子供。

父親がコメディアンなだけの普通の子供。

友達のお父さんのことはよく知らないけど、みんなはうちの父親のことをよく知っている何か変な感じを感じている子供。


あなたは、友達や先生、知らない大人たちから、「お前のオヤジってバカだよな！」と言われたらどうしますか？

「昨日スリッパではたかれてたな」

「パイぶつけられてやんの！」

「バカだよなぁ～」

「うちのパパはバカじゃない!!」

「わざとやってるだけなんだ!!」

「本当はすごい人なんだ!!」

心の中で叫ぶのが精一杯でした。


僕はバカなことをして楽しそうにしているパパが大好きでした。でも、なぜ、ああまでバカなことをするのかはよくわかりませんでした。

ただ、あの一言を言われるのが、すごく悔しかった。本当にバカにされたくなかった。ささいな一言かもしれないが、子供時代の僕にとっては、重たい重たい一言だった。

しかし、大人になった僕には一つわかったことがある。

「お前のオヤジってバカだよな!」

この言葉、うちの父にとって最高の褒め言葉だったということ。そして僕を強くしてくれた言葉だったということ。

これから始まる物語は、とあるコメディアンの父とその息子の『バカ』にまつわる物語。つまり、俺とオヤジの物語。

contents

プロローグ　お前のオヤジってバカだよな！　002

第一章　パパはコメディアン　009

第二章　松竹演芸場　091

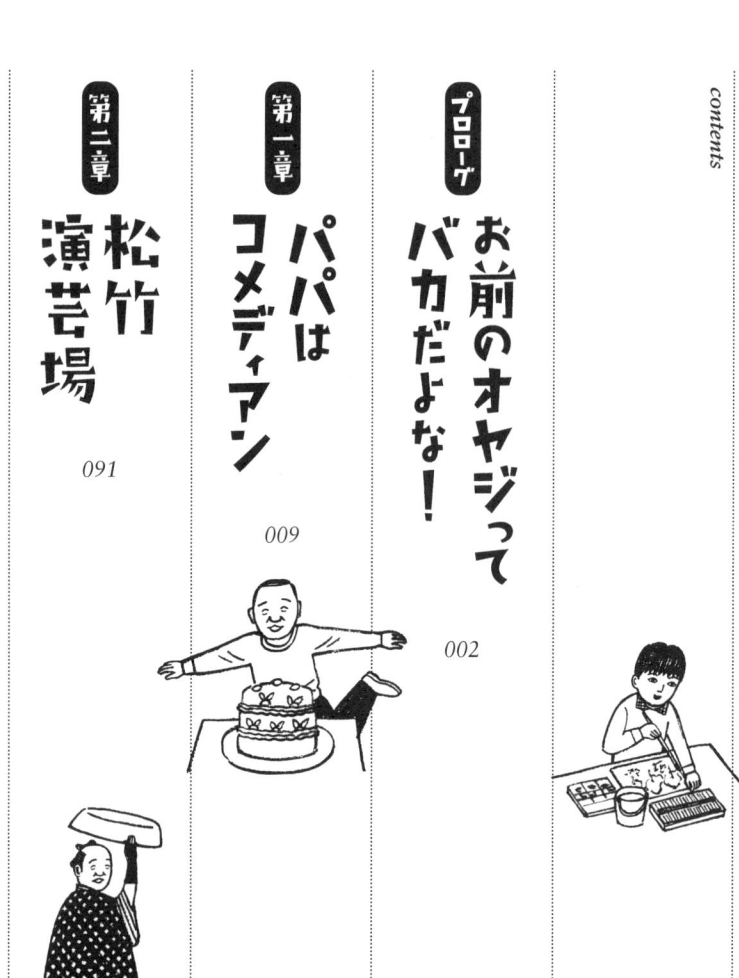

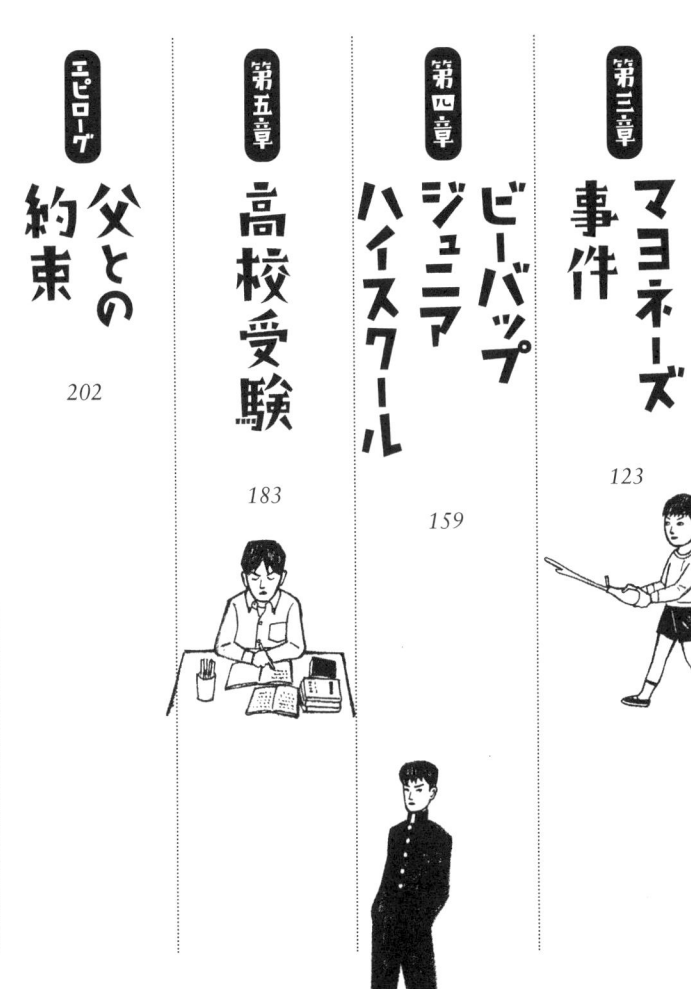

第三章 マヨネーズ事件 123

第四章 ビーバップジュニアハイスクール 159

第五章 高校受験 183

エピローグ 父との約束 202

イラストレーション　峰岸達
ブックデザイン　守先正+髙橋奈津美

第一章 パパはコメディアン

浅草の町とコメディアンの息子

僕の生まれ育った町は、東京は浅草。いわゆる下町だ。東京オリンピックも終わり、経済はゆるやかに成長をつづけていた。銭湯のえんとつがまだ町でダントツに高い時代。

木造二階建てのアパートや、物干し場のある一軒家。三階建てに見えるが裏に回ると二階建てになっている不思議な家。どの家もひしめき合って建っている。

道路脇に置かれたゴミを、あまり働く気のないおじさんたちが広げると、それをカラスが狙い、そのカラスを野良猫が狙う。

そんな食物連鎖が見られる、ちょっとドキドキする町。

東八郎の家はその町の閑静な住宅街ではなく、活気のある商店街にあった。キレイなアーケードのついた商店街は買い物客には大好評だが、夜になるとホームレスの屋根になるため、痛し痒《かゆ》しだ。

うなぎ屋、ラーメン屋、八百屋、肉屋、本屋、ヤキトリ屋、わが家。なんとも親しみやすいラインナップである。とはいっても、そこは四階建てビルディング。響きよく聞こえるが、実際は十七坪のペンシルビル。人は「細長いビルね」と言うが、正確には、細くてうすーいビルだ。昭和を代表するコメディアンの家は、とくにデカい家ではなかった。

一階が母親の経営するスナック、二、三、四階が住居。子供は五人。六歳上の兄、僕、二歳ずつ離れた妹が二人と弟。そして、父、母、祖母、弟子、住み込みのお手伝いさんの十人もの大所帯が住むにはちょっと手狭な感じ。子供が多かったせいなのか、倹約家だったのか、あまり贅沢な家ではなかった。


地元でこの家を知らない人はいない。よくテレビに出ていたのと、知らない人がいると地元の人が、

「ここが東八郎さんの家よ」

と、勝手に説明してくれていた。弟子志願の人が浅草に着いて家を探すために人に尋ねると、すぐに教えてくれたという。

東八郎という人は、親しみやすいキャラクターだったし、地元をこよなく愛していた。

そして愛されていた。浅草の劇場出身の有名人はたくさんいるが、浅草出身というのがとくに愛された理由の一つだろう。

コメディアン・東八郎。本名は飛田義一《ひだぎいち》。亡くなってもう二十年がたつ。若い人が知らないのも無理ないが、三十代半ば以降の人たちの記憶の中には今もありがたいことに残ってくれている。僕が触れ合う目上の人たちには、「お父さんのファンだった」と言ってくれる人がたくさんいる。

今でもたまに、テレビで紹介されるときは、昭和の名コメディアンと紹介される。偉大な父を持ったものだと思う。

しかし、その偉大さは大人になってわかるもの。亡くなってはじめてわかるものだった。東八郎はもともとは、オペラ歌手になりたかったらしく、最初は田谷力三さんという、やはり昭和を代表するオペラ歌手に師事したそうで、しかもすぐに首になったらしい。なんでも声がガラガラで、「君はオペラに向いていない。おもしろいし、コメディアンにでもなったら……」と言われ、それを真に受けた父は、素直に浅草のストリップ劇場に入りコメディアンの修業をはじめたという。すると、数年で頭角をあらわし、若くして座長をつとめるまでになったんだとか。

なぜはじめからコメディアンにならなかったのか？　不思議だ。東八郎という名前が世間に広まり、テレビ局が何度もスカウトに来たらしい。しかし八郎はなかなかテレビの世界には行かなかった。

理由は、「テレビに行くと新人扱いになり、給料が減る」というものだった。実は、八郎には、病気に倒れた母がいて、莫大な入院費をかせがなければならなかったのである。周りの人間が次々とテレビに出て人気者になっていくなか、それはそれは葛藤があったことだろう。そして、ほどなくしてテレビに出られるようになる。

時代はトリオブーム。三波伸介、伊東四朗、戸塚睦夫の「てんぷくトリオ」、前田隣の「ナンセンストリオ」、内藤陳の「トリオ・ザ・パンチ」、そして、東八郎は「トリオスカイライン」というトリオを組み人気を博した。タキシードを着てスマートな笑いを提供していたらしい。月に仕事の数が百五十本以上、当時のテレビやラジオはほとんどが生放送だったからそれも可能だったのだ。

聞けば聞くほどすごいなとは思うが、すべて後になってから知ったもの、当時のすごさは今でもよくはわからない。

僕はというと、かなり小さな頃から、機転のきく子だった。もちろんよくいえばの話で、「ズル賢い」と言ったほうがピッタリくる。

幼稚園に通っていた頃、デパートで迷子になった。普通なら「ママ〜！」と泣き叫ぶところだが、僕は、受付嬢のところへ行き、「ママが迷子なんです。探してください」と言って、館内アナウンスでママを探してもらった。

理由も覚えている。僕からするといなくなったのは母親のほうだし、子供ながらにも、男として迷子はカッコ悪いと感じていた。それにその受付のお姉さんがとてもキレイだったから。

かなりのマセガキだった。

かと思えば、パトカーに乗りたいと思ったときは、ちょっと遠くの交番まで行き、「迷子です！」と言ってパトカーに乗せてもらった。

ウチの近所をパトカーで何周も回っていたら、トナリのヤキトリ屋のおばちゃんに見つかり、「ターくんが、パトカーにのってグルグル回ってるよ！　何かしたのかい！」と、家に通報されてパトカーから降ろされた。パトカーから降りて親に捕まるというヘンな結末を迎えた。

レストランでも食べたい物は絶対食べる。メニューを見て、妹が、「ステーキ食べたい！」と言うと、ママは「お子様ランチにしなさい」と頼ませてくれない。確かに子供に一番高いステーキを食べさせても仕方がない。

でも、僕もステーキが食べたい。

ここはママのプライドをウマく利用する。最初はナポリタンにしようかな？　と悩んだフリをしておいて、ウェイトレスが来たときに、ママに向かって、「ねぇ、ステーキは高いからダメだよねぇ？」と切り出す。するとママは涼しい顔で、「別にいいわよ」。

プライドの高いママは「高いからダメ？」というフレーズにカチンときていたのだ。

人の性格やタイプもいろいろ見抜く、常に人の顔色をうかがう、調子のいい、めんどくさい子供だった。

顔でケーキを食うオヤジ

この日は起きるのが辛《つら》かった。

昨日の夜、オヤジがテレビに出ていたからだ。アイドルに後ろから押されて顔からケーキに突っ込んでいた。はっきり言っておもしろかった。

しかし一日経《た》つとゆううつになる。

この頃の僕は、テレ臭さや恥ずかしさを覚える小学二年生。父親のことを家では「パパ」、友達の前では「オヤジ」と呼ぶようになっていた。

パパはおどけたキャラクターが浸透し、お笑い芸人というより、コメディアンという呼び名がしっくりくるようになっていた。バカにも磨きがかかっていた頃だ。テレビに出ればでるほど、学校で話題になることも多くなる。つまり、それは僕の平穏な日々が減るということ。


「早く起きな！」

「いつまでごはん食べてんの！　遅刻するよ」

「トイレは行ったの？」

「今日は学校で行くからいいの!!」

ここまではよくある朝の光景。

毎朝八時十分、家の裏手にあるお地蔵さんの前に集合。この地域の小学生は高学年と共に班を作り、集団登校をする。僕は私立ではなく公立の学校に通っていた。同じ班に一人、めんどくさい同級生の奥山がいる。大のお笑い好きだ。

「おう、飛田、昨日見たぜ……。お前のオヤジ、顔でケーキ食うのな……」

……ホラ来た……。

「えっ？　顔で食ってたぁ？　どんな感じで？」

「お前、見てないの?!　お前のオヤジがケーキ食べようとしてたら、後ろからアイドルが次々にやって来て、お前のオヤジの頭けったりして、そのままグシャだよ！　ハハハハハ……。そんで鼻からクリームをフンッ!!　って飛ばして……」

「へぇ～……そんなことやってたの？」

「お前見てないの？？？……マジで？……」

こいつには知らないフリが一番だった。話が長引かない。

八時十五分、六年生の班長が人数を数え、学校へ出発する。

本当にめんどくさいのはこれからだ。学校には友達がたくさんいる。そしてテレビを見ている奴らはもっといる。見てなくても、「何？　何？」とのってくる奴らもいる。好きな女の子もいる。

八時二十五分、学校に到着。

こんな日は教室に入ると、まず机にカバンを置いて、トイレに行く。朝から話題になるとめんどくさいのでしばしトイレで時間を稼ぐ。朝ためたオシッコを長めにし、手をよーく洗う。八時三十分になれば先生が朝礼をしにくるのでそれまでのつなぎだ。

いずれ話題にはなる。だが、朝一のテンションで話題になるのと、二時間授業を終えて話題になるのでは盛り上がり方が格段に違う。それに中休みに話題になれば、時間も短いので、傷も浅くてすむ。

いずれもこれまでの経験から学んだこと。

朝礼が終わり、国語の授業が始まる。

国語が終わり、二時間目の算数。

この算数が終わると中休みだ。ここで昨日のテレビが話題になるであろう。まず、終了のチャイムが鳴る。

「そう言えば、昨日、飛田のオヤジ見た？」と言いだすまで二〜三分。中休みは十五分。十三分を過ぎたあたりで、やる気のある日直の女の子が次の準備をするようみんなにうながすので、実質話題になるのは十分くらい……。

算数は得意じゃないがそういう計算はできるようになっていた。

キーンコーンカーンコーン。

みんなにとっての授業終わりを告げるチャイム。

僕にとってはスタートの合図。

「では次の授業のときに小テストをしますから、今日のところ復習しといてください」

「はーーーい!!」

ノートや教科書を机の中にしまいながら元気がいいだけの返事をする。

「あーつかれた！　算数ってつまんねぇよな」

「電卓使えば早いのにな」

「なぁ、昨日飛田のオヤジの見た？」

「あー見た、見た！『みごろたべごろ』だろ」

『みごろたべごろ』とは当時大ブレイクしていたお笑い番組『みごろ！たべごろ！笑いごろ!!』のことで、ベンジャミン伊東（伊東四朗）やしらけ鳥、小松の親分さん（小松政夫）などが人気だった。とくに、デンセンマンの「電線音頭」は社会現象になるほどで、「チュチュンがチュン」と僕らも真似をして、机の上で歌い踊り、しょっちゅう怒られていた。この番組で、八郎は当時大人気のアイドルグループ、キャンディーズと毎回コントをしていた。

「なぁ、飛田のオヤジさ、顔でケーキ食ってたよなあ？」

やっぱり奥山だ。

クラスには他にもめんどくさい奴らがいた。前田、平山、竹田、星野……、みんな仲の良い友達だ。仲が良い分、なんでも遠慮なく言ってくる。

この中で一番クセが強いのは前田。前田はキザな子供だった。父親が結構デカイ鉄工所の社長で、母親がＰＴＡの役員。ちょっと金持ちの匂いがする小学生。スーパーカー消しゴムにとどまらず、なかなか手に入らないスーパーカーのエンブレム、鋼鉄ジーグやライディーンの超合金など憧れのオモチャをおしげもなく学校に持って来ては自慢をする。まさしく実写版・スネ夫。キザに見えるはずだ。

「見たよ昨日、スゲー笑った」

「恥ずかしくねぇのかな……」

「鼻ん中までケーキ入っちゃって……ハハハ」

人気番組だけあってみんな見ていた。

「ホント、飛田のオヤジ、バカだよな」

「クリームまみれだもんなぁ」

いつの間にかみんなが集まってきている。悔しかったが笑って聞いていた。

前田が言う。

「飛田のオヤジって、しょっちゅうアイドルにやられてケーキに顔つっこんでるよな。なんで怒んないの？　うちのオヤジだったら絶対怒ってるぜ！」

前田はキザなうえにちょっとバカだった。

「ねぇ何で怒んないの？　ハハハハハ」

バカにされているのを認めるのが悔しいので笑顔はキープしていた。いったい何を言い返したらバカにされないのだろう。僕は思いつくままに口を開いた。

「お前らは知らないかもしれないけど、ケーキに顔つっこむことができるのは日本に何人もいないんだヨ。なかでもウチのオヤジはトップクラスなんだ。だから実はアレってすごいことなんだよ」

みんながキョトーンとした。

完全な見切り発車。ヤバイ、このままでは僕もバカにされる。

「お前バカじゃないの！　押されて顔つっこんでるだけだろ」

早速バカにされた。それでも平然とつづける。

「違うんだよ！　みんなアレ見て笑っただろ、アレ、他の人がやると全然つまんないんだよアレ！」

僕はもっともらしく話をつづけたが、言葉に「アレ」が多くなってきていた。でも、もう止められない。

「コレ絶対言うなよ‼　本当は秘密なんだけど、アレ実は、新人の人とかが、アレを見て、アレを教えてくれって言ってくるんだってよ！　アレ」

「ウッソだろ、誰でもできるよ！　アレ、ハハハ」

「ハハハハハ」

「…………」

みんなが笑う。……自分でも何を言っているのかわからなくなっていた……。

キザな前田が冷静に口を開く。

「なぁ飛田、じゃあアレって！　何がスゴイの？」

「…………」

「ん〜……アレ？……」

困った。しかし、僕は自信を持って答えた。

「ま、一言じゃ言えないよね」

「ホラみろ！　ハハハハ……」

「ハハハハ」

さらにみんなが笑う……、悔しい……。でも負けるわけにはいかない。

「だから！　アレ……見たでしょ！　アレのすごいところは、ケーキを食べようとしているところに、次々とアイドルが三人も入ってくるわけでしょ。一人目が来て頭を押して、ケーキに顔つっこんで、顔を上げようとすると、次のアイドルが……頭を押して、またつっこんじゃうの。苦しいから顔を上げると、また次のアイドルが入って来て、今度は頭を蹴《け》るでしょ。それで思いっ切りつっこむんだけど、すぐ上げてもおもしろくないから、我慢するの。そしたらみんなが、『アレ？　どうしたのかな？』って思うでしょ！　そのときにバッ！　と顔を上げて、『コラー！』って言うと、一番おもしろいわけよ、わかんないだろうなー」

僕はがむしゃらながらも、もっともらしいことを言いつづけた。すると、

「へぇー」

「なるほどね」

「ただやってるんじゃないんだぁ」

みんなが納得した。たぶんよくはわかってないが、熱弁が効いたのか、出まかせでもそれなりに聞こえたのだろう。

今度は奥山がつぶやいた。

「飛田！　お前スゲェ見てんじゃん」

「ん、何が？」

「お前さ、朝、見てないって言ってなかった」

「言ってないヨ!!」

「言ってたヨ！」

「言ってないヨ！」

「おぼえてないの？」

「おぼえてない!!」

こいつには知らないフリが一番だった。話がすぐに終わる。

何となく乗り切った感があるものの、パパをバカにされたことの悔しさは解消できていない。

でも、こんなことは日常茶飯事。僕はパパに「いい加減バカなことはヤメて！」と言いたかったが、うちでもテレビでも変わらず楽しそうにフザけてくれるパパには言えなかった。バカにされても、蹴られても、大好きなパパのためなら我慢をしようと思った。子供ながらにも心配をかけたくないと強く思い、誰にも打ち明けることはなかった。

そのうち何かいい手段が見つかるはず。そう思いながら学校へ行き、こういうことがあるたびにテキトーなことを言ってはその場をしのぐ、変に口の達者な子供になっていた。

ヨーヨーと三十六色の絵の具

前田が新しいオモチャを持って来た。

「これ、今なかなか手に入らないんだぜ!!」

「スゲー！　このヨーヨー売り切れてるやつじゃん」

コーラのマークのついたヨーヨー。子供心をくすぐる、それはそれはカッコ良い遊び道具だった。

テレビでもやっていた。チューリップ帽に赤いジャケットを着た外国人が公園にやって来てヨーヨーの技を披露し、教えてくれる。さらに上手な子にはプレミアムなプレゼントをくれるらしい。となり町の公園にはもう来たっていう話にまでなっていた。

外人がやってくる前にヨーヨーを手に入れて上達したい。

前田が持って来たことにより一気にヒートアップ。

「なあ前田、どこで買ったんだヨ!!」

「うちのパパにもらったんだ！」

「スゲーな、お前のオヤジ」

「なんでも買ってもらえんだな」

「かして、かして!!」

「いいよ!!　もう一個あるから……」

「おぉぉぉぉ……！」

「貸して！　貸して!!」

〝ったく、何がパパだよ。気持ち悪ぃ……〟

あいつは何であんなに自慢するんだろ？　子供だな!!　と子供ながらに思った。みんなもみんなだ。あんなに盛り上がっちゃって。そんなにやりたいのかねぇ。

絶対すぐにあきるよ！

僕はみんなの好きな物が大嫌いだった。子供の頃から新しいものにすぐに飛びつくタイプではなかった。

「飛田!!　やってみる？」

「いいの!!　やるやる!!」

本当はやりたかった。ただ自分から「貸して!!」とは素直に言えなかった。僕は羨《うらや》ましいと思うことを悔しいと感じる。バカにされたくないと日々思っているために、いつのまにかプライドが高くなっていたのかもしれない。

やってみたが絶対ノリノリではやらない。

全然できない。でもすごく楽しい。

うまくできなくてみんなが笑う。

すごく楽しい。

でも僕は笑顔を噛《か》み殺していた。何度も笑いそうになったが、その都度噛み殺して平静を装った。人のモノでテンションが上がるのが悔しかった。

そんな様子を見ていた友達が言った。

「飛田、気持ち悪い……」

我に返った。相当気持ち悪かったのだろう。笑いそうになると我慢、笑いそうになると我慢して、無言でやっていたのだから。完全に「しまった!!」と思っていたが、そんなこともさとられまいとさらにこの後墓穴を掘ってしまった。

「前田、コレ、まぁまぁおもしろいな」

言い訳がましかった。

素直に「楽しかった！　ありがとう」とはとてもとても悔しくて言えなかった。

この日はもう休み時間は全部ヨーヨーの時間だった。他のクラスからもやって来て、貸してもらうのに行列ができた。一つのヨーヨーにみんなが群がる。

このとき、クラスの男子は全員思った。

「自分のが欲しい……」

僕も思った。

でも僕はもうそれだけでは満足できない。当然ヨーヨーも欲しいが、前田に勝つことが何より大事だと思った。

前田が学校にヨーヨーを持って来たとき、

「パパからもらったんだ！」

「スゲェな、お前のオヤジ！」

この言葉が頭に残っていた。

「ヨーヨーを持って来たくらいでオヤジがすごく見えるんだ……」

敵は、前田と前田のオヤジになっていた。

ならば、

「ウチのパパはもっとすごい！　もっとすごいモノを持って来てやる。コメディアンをなめるなヨ」

でも、いったい何を持って来たらみんながオドロクのだろう？

次のブームは何なのか……。そんなことわかりはしない。

オモチャじゃ前田と一緒だし、もっとさりげないモノのほうが絶対にカッコイイ。

流行《はや》りモノはいずれ使わなくなる。ずっと使えるモノのほうがいい。

僕は二、三日考えた。そして、思いつかなかった。頭の回転は早いほうだと思っていたが、このときばかりはそうはいかなかった。

そんなトボトボした帰り道、すごいモノを発見した。

なぜ今まで気がつかなかったのだろう。

毎日通る通学路なのに。

毎日通る店なのに。

それは毎日通る文房具屋のショーウィンドウの中にさんぜんと輝いていた。三十六色の絵の具。豪華な豪華なグラデーション。見事なラインナップ！

青だけで何色あるのだろう？

赤だけで何色あるのだろう？

なんて、白がでかいんだ。

この三十六色の絵の具なら、みんな絶対ビックリする。何と言っても学校で使うものだし、流行りすたりがない。持っていて不自然じゃない。こんなさりげなくて金持ちっぽいもの他にない。学校の行き帰り、誰だって、一度は目にしているものだし、みんなも欲しいはず。

これだ！　コレしかない！

千五百円?!……高い……。でも、欲しい……。絶対欲しい……。

お年玉で!!……だめだ、遅い!!　あと十ヶ月も先だ。

今、欲しい……。

千五百円……か……高い……。

でもそれ以上の効果が絶対に出るはずだ。

頭の中では、みんながうらやましがる光景がハッキリと見えている。

「飛田スゲェーな！」って言われたときの返しは何て言おう？

「お前の描きたい絵は十二色で描けるのか？　って言って、うちのオヤジが買って来てくれたんだ……」

何て言うかは、後で考えることにして、僕は誓いを立てた。

一ヶ月。

一ヶ月以内にあの三十六色の絵の具を手に入れる。この絵の具が誰かの手に渡る前に手に入れる。ギャフンと言わせてやる。これもオヤジのためだ。

家ではパパと呼んでるけど。

おじいちゃんのお小遣いとおばあちゃんの教え

問題はどうやってお金をかき集めるか。母親にあずけた毎年のお年玉貯金を使えばあっさり買えるだろうが、あてにはならない。ドラえもんみたいなもので、夢は叶《かな》えてくれるが、現実にはいない、そう、存在しないもの。

まずは断腸の思いで貯金箱をあけることにした。古いポストの形をした貯金箱を手にとり、振ってみると、……何も音がしなかった。

ならば毎日のお小遣いをためるとしよう。

一日十円。一ヶ月で三百円。

友達の中ではもらっているほう。

この三百円は絶対につかわない。残り千二百円。三十日で割ると一日四十円。このままでは無理だ。

目標を達成するため、手段は選ばないことにした。

まず、おじいちゃんの家に行く。

うちのおじいちゃんたちは、母方も父方もとてもやさしくておもしろい。

母方のおじいちゃんはおばあちゃんと別居中で、僕の知らない人との間にできたかくし子をかくさずにつれて、月に一、二度やってくる。大正のプレイボーイ。いやプレイじーさんだ。イタズラもイケてて、おばあちゃんが口を開けて昼寝をしていると、その口にあられを入れて、寝ぼけて食べる姿を僕に見せてくれる。寝ぼけて食べるおばあちゃんは、途中でむせて目を覚まし、怒り出す。

父方のおじいちゃんは昔、「ちょっと散歩に行ってくる」と言って三年帰って来なかった。女と駆け落ちしていたらしい。

パパたちも知っていたので捜さなかったとか。ちなみに帰って来たときは、「ただいま～」と平然と家に入って来たらしい。

どっちも女ったらしだった。

でも、このおじいちゃんたちは僕にはやさしく、会うと必ずお小遣いをくれた。

これは使える。

父方のおじいちゃんは近所に住んでいたので、たまに遊びに行くと、「よく来た」と言って百円くれるので、どうしても友達にいいかっこしたいときとか、どうしてもやりたいゲームがあるときに行ってはもらっていた。今回はたくさん必要だったので、毎日行くことにした。

三日目、「今日も来たのか」と言われ、渋々百円をくれた。帰り際、「明日はおじいちゃん出掛けるから来てもいないよ」と言われた。疑ったわけじゃないが、一応次の日も行ってみたら、家にいた。

「あれ？　おじいちゃんいたの？　また来たよ！」

元気よく言ったら、百円くれた。

やっぱりやさしいおじいちゃんだった。

帰り際、明日は一日、病院に行くからいないよ！　と言われたが、また一応行ってみた。

電気は消えていたが、テレビの音が聞こえていた。のぞいたら電気を消してテレビを見ていた。

「なんだ、電気もつけずにどうしたの？　遊びに来たよ！」元気よく言った。

百円くれた。

なんだかさみしそうだった。


家に帰ると、ママに叱られた。

おじいちゃんから電話があったとのこと。遊びに来ると、かわいさあまりお小遣いをあげていたが、ここのところ、五日も連続で来ている。小遣いをやるまでなぜか帰らない。

おじいちゃんは年金とパパからもらう小遣いで暮らしている。来ないようにしてくれ！

という内容だったらしい。

一つ金脈が途絶えた。でも五百円もたまった。月のお小遣い三百円とおじいちゃんの五百円で八百円。あと七百円。ハイペースでたまっていった。

母方のおじいちゃんには月に一、二度会える。

足立区から車でやって来て、かくし子を車において、家に上がってくる。会えば百円くれるが、会わなければそのまま帰ってしまう。いつ来るかわからないので待ってもいられない。僕も忙しい。でも逃したくない。そこで、

「おじいちゃん、うちにあんまり来ないね。忙しいんだね。でもたまにでも来てくれて、やさしくしてくれてありがとう。いつもお小遣いをくれてありがとう。おじいちゃんは、いつ来るかわからないから、手紙にお礼を書きました」

と書いて置いておくことにした。おじいちゃんが来たら渡すように出掛けるときは人に頼んでおいた。ある日、家に帰ると、おじいちゃんからの返事が置いてあった。

中には、折角来たのに、いないんだもんなぁーという手紙と二百円、予想以上の収穫。手紙に返信用の便せんと封筒を入れておいてよかった。わざとらしいかと思ったが、子供だし、そこは子供のやることだと思いやってみた。あざとさのレベルがアップしてしまった。

でもこれは、絵の具を買うため。パパのためだと思い、そんなに罪悪感はなかった。

二百円ゲット。

あと五百円。

もう楽勝。よし次は、おばあちゃんを口説《くど》き落とそう。

うちの母方のおばあちゃんは財布のヒモが固かった。何度もおつかいを頼まれて行ってはみたがぜんぜんお小遣いをくれない。この山を崩すのは容易ではない。

おばあちゃんは小銭をいっぱい持っている。しょっちゅう家に友達を呼んでは花札をするので、百円玉をたんまりと持っていた。

賭けていたかどうかは知らない。もしかしたら百円玉をコインがわりにつかっていたのかも。

一文百円、イヤ、百点。

百円玉専用の小銭入れ。

あの口を開くことができれば……。

考えた。

思いついた。

目には目を、歯にはは に わ。

これは小学生の間で流行っていた諺《ことわざ》。

これだ！

花札には花札だ。トランプには自信がある。とくに大貧民は強かった。花札は日本のトランプ。慣れれば絶対に勝てる。

先生は「ちゃあちゃん」。うちにずっといる住み込みのお手伝いさん。兄貴が生まれる前からずーっといる。もう一人のおばあちゃんだ。ごはんの支度から、せんたく、そうじ、おばあちゃんの相手となんでもこなす。おばあちゃんと花札もよくやっていた。

「ちゃあちゃん、花札おしえて！」

「いいよ」

そこに理由や疑問はいらない。ちゃあちゃんは子供が大好き。子供の言うことは何でも受け入れてくれる。この日から特訓が始まった。

「いいかい、たーくん、まずは役を憶えた方が早いからね」

「うん」

「青短、赤短、これは三枚ずつ集める、これが花見酒、これが月見酒、これが猪鹿蝶、三光、四光、雨四光、一番強いのが五光だよ」

「いいかい、たとえ一文でも勝ちは勝ち。この勝負は、かけひきが大事なんだ。勝ち負けが決まっても、まだまだ稼げると思ったらやめちゃダメ。『こいこい』と言ってどんどん点数を稼ぐんだよ」

「危ないときはたとえ一文でもやめるんだ」

「札は四十八枚しかないんだから、相手の手札を予想しながら、場を読んでいくんだよ」

徹底的に教えてもらった。ちゃあちゃんがごはんを作っているときは、一人で二役をやり、相手の札の出し方も研究した。

一週間が過ぎた頃、ちゃあちゃんにも勝つようになってきた。札の引きが強いとホメられた。これでおばあちゃんと戦える。僕は大事な五百円を握りしめ、戦いを挑んだ。

「おばあちゃん、花札おぼえたんだ！　やらない？」

「あらそう、いいわよ」

「じゃあ、一文百円ね」

僕は大きく挑んだ。

「え、お金かけてやるの。いいけど大丈夫かい？」

「うん、僕けっこう強いんだよ」

「はいはい」

緊張する僕、笑顔のおばあちゃん。手札が配られた、第一試合。静かにゲームが始まる。

「学校で流行ってるのかい？」

「うん、今、大ブーム」

「そう」

他愛のない会話をしながらもゲームは淡々とすすんでゆく。

「何だよ、カスばっかりだねぇ」

ゲームが動いた。とりあえず一文つくればいいんだ。何でもいい、勝つことが大事、一文とって逃げてもいいんだ。カス十枚で一文、あと一枚だ。

おばあちゃんの番。

手札で猪をとって、引いた札で鹿をとった。

「はい猪鹿蝶のできあがり、六文ね」

「あっ……おばあちゃん、こいこいは？」

「しないよ、もう手が広がらないもの」

「おわり。たーくん、六文だから、六百円ね」

「……。五百円しかない」

「あら、百円足りないの？　いいわよ、五百円で、百円はまけてあげる」

「…………」

おばあちゃんは容赦なかった。孫にも本気でぶつかってくる。子供のヌーにも全力で襲いかかるライオンを思い出した。一気にスッた。生きるとはこういうことなのか……。

「今度はお金かけないでやろうか？」

「え、あっ、うん……」

この後、どれくらいやったかおぼえていない。これでやめたらお金目当てだと悟られる気がしたのと、もしかしたら、返してくれるんじゃないかと思ってやっていただけ。

「たーくん、またやろうね」

シビアだった。小学二年生の子供にはシビアすぎる試練だった。

マイナス五百円、あと千円。大台に戻ってしまった。

ママの小銭と妹の涙

動揺をかくせない僕は、悪の道へ踏み出そうとしていた。このペースでは間に合わない。

悪魔がささやいた。

「お前、お金のありか知ってんだろ」

知っていた。

「ママの机?」

「そう引き出しの中に、小銭を入れてるの見たことあるだろ」

「あそこに五百円くらいあるんじゃないか? いったん借りるだけだよ。おばあちゃんに負けた分、借りるだけ。後で返せばわからないよ」

悪魔は自分の中にいる。善《よ》し悪《あ》しの分別もついている、人のものをとってはいけない、勝手に借りてもいけない。そんなことはわかっていたが、行動は違っていた。

ある日の午後、ママは今日も仕事でいない。

ママの部屋のとなりはおばあちゃんの部屋。おばあちゃんが夕方、買い物に出るのを待った。こんなときにかぎってなかなか出掛けない。気がした。

廊下で本を読むフリをし、おばあちゃんが出掛ける音に耳を澄ました。

「よっこらしょ!」

出掛けた。

ミッションスタート。

出掛けたのを見たにもかかわらず、もう一度、おばあちゃんの部屋を確認。いない。静かにママの部屋の扉を開ける。

誰もいない。

中に入り、もう一度外を確認。体中が心臓かと思うほど脈うっていた。部屋のものを一つとして動かさないよう慎重に行動する。

机の前に立った。

引き出しを開けるため、イスを静かに真っすぐに引く、すぐに元に戻せるように。深呼吸をして引き出しに手をかける。ゆっくりと引くと、中には書類やペンが雑多に入っていた。見回すと名刺が入っていたケースに小銭とクリップが混ざって入っているのを見つけた。十円、五円、百円、五十円、全種類ある。静かに手を伸ばす。「ほんの一瞬借りるだけだ」そう自分に言い聞かせ、そーっとそーっと。すると、

「…………？」

足音がかすかに聞こえた。

「ヤバイ、誰か来る」

僕はパニくった。頭は真っ白。慎重に机を戻し、この部屋にいる理由を一生懸命考えていた。まったく思いつかず、気づいたら机の下にかくれていた。イスを手で戻し、息を潜めた。心臓が体をぶち破って出て来そうだった。ママか、おばあちゃんか……。

静かにママの部屋の扉が開いた。

そーっと誰かが入って来る。

いったい、誰だ？　誰だ？　誰だ？

足下が見えた。

机の前に立った。

〝ん？　妹だ〟

〝こいつ、何をしに……〟

ゆっくりとイスが引かれ、僕が閉めた引き出しが静かに引かれた。

〝……何をしてるんだ？……〟

〝まさか……同じこと？……〟

〝どうして？……〟

頭の中が疑問でいっぱいになりながらも、「こいつの手を汚しちゃいけない」。なぜかそう思った瞬間、僕は驚きの行動に出ていた。

「何やってんだ!!」

机の下から堂々と、そしてゆっくりと、顔を出した。

僕は言った。

「やっぱりか」

妹は驚きのあまり、呆然《ぼうぜん》と立ちつくした。

「俺は、お前がいつかこんなことをするんじゃないかと、ずっとここで待ってたんだ……。俺は悲しいよ……。でも俺は、お前の兄貴だ。このことは黙っててやる。だから二度とこんなことするんじゃないぞ、わかったな」

妹の目からは大粒の涙があふれていた。ダムは完全に決壊していた。

「たーくん……ごめんなさい。たーくん、ごめんなさい！　たーくん、ごめんなさい！」

妹は僕に何度も何度も謝って、部屋を後にした。妹を救えてよかった。兄として正しい道へ導くことができた。

これでアイツは二度とこんなことはしないだろう。ただそれにしても僕は、自分のことを棚に上げ、よくもそんなことが言えたなと、我に返り、自分を恥じた。

ゆっくりと妹の開けた引き出しを、兄である僕が閉めた。何もとらずに。

泣いて謝った妹の姿、あのパニクった姿を見て、僕はああはなりたくないとも思った。ひどい話だが、バレたらあんなふうになるのかと恐怖を感じた。

無理やり丸く収めると、結果、二人とも、泥棒にならずにすんだ。

が、しかし、妹は僕のパシリになった。

一人西遊記

またあらたに考えよう。

どうしたらお金がたまるのか？　あと千円、期限まであと一週間。

こうなったら最後の手段、イトコの家に出掛けよう。うちのイトコは金持ちだ‼　宝石屋を三軒も経営している。がんばれば札も夢じゃない！

しかし、イトコの家はちょっと遠い。家から三キロメートル。大人にしたらたいした距離ではないだろうが、低学年の子供にはとてつもない長さに感じる。

方向はわかっている。なんとなくではあるが、イトコの家の外観は憶えている。そこにたどりつくためにはいくつもの苦難を乗り越えなければならないだろう。一つ間違えば迷子。低学年とはいえ、もう迷子だけはさけたい。僕は迷子になって笑われている子供を何度も見てきた。迷子が許されるのは幼稚園まで。しかし、怖がってはいられない。パパのためだ。僕には時間がない。前進あるのみ。

そこに行けばどんな夢も叶うというよ
誰も皆、行きたがるが、はるかな世界
「一人西遊記」の始まりだ。

『天竺』ではなく『鶯谷《うぐいすだに》』を目指し、いざ冒険。

道順はそう難しくはなかったはず。

浅草の家から鶯谷は、まさに西へ向かえばいい。ただ、知らない街並を歩くのは妙に不安になる。一人というのが妙に心細い。あぁ、家来が欲しい。何かあったとき、不安を分かちあえる家来が欲しい……。桃太郎や三蔵法師も同じ気持ちだったのだろうか……。

バス停を見つけた。

西浅草三丁目。

まだ浅草は出ていない。バスに乗れば相当遠くまで行けるはず。だが、ここでお金をつかうわけにはいかない。

そうだ！　バス停をたどれば鶯谷につくだろう。鶯谷は山手線の駅だ。近くにバス停があるはず。僕は路線図をくまなく見回した。

「あった!!　うぐいす谷駅前」

思わず声が出た。

「よし、このバス通り沿いを行けば、鶯谷に行ける」

天竺、いや、イトコの家は、鶯谷の駅から徒歩三十秒のところにある。駅まで行けば絶対にわかる！　信じて前に進もう。

　バスが来た。扉が開いた。僕は笑顔で運転手さんに聞いた。

「おじさん！　このバス、うぐいす谷通る？」

「通るよ」

「あっ、そう。じゃ！」

　バス停をあとにして、僕はひたすら歩きつづけた。そして四つ目のバス停を見たとき、僕は感激した。次は、うぐいす谷だ。次のバス停うぐいす谷駅前って書いてある。さらに足が軽くなった。次のバス停が見えて来た。

　不安がよぎる。

「景色が違う……」

　僕はバス停にかけよった。

『うぐいす谷駅前』

「あってる、しかし、まちがってる」

「……景色がちがう……」

　不測の事態。

鶯谷駅は山手線の駅。どうやら改札が二つあるらしい。僕がついた場所は別の場所。見たことのない鶯谷の駅だった。

僕は焦《あせ》りをかくせない。気分はもう完全に迷子。不安に駆られ、溢れそうになる涙をぐっとこらえ、駅員さんに尋ねた。

「すいません。駅の反対側に行きたいんですけど、ここ通って行っていいですか？」

「じゃあねぇ、僕、入場券か、一番安い切符買ってくれる？　そうしたら、反対側の出口に行けるよ」

「えっ、お金かかるの？　反対側に行くだけだよ、電車に乗らないんだよ！」

僕は必死で食い下がった。

「じゃあ、外から回ってくれる」

「……はい……」

素直に応じたが、心の中では、

〝道がわかってたら、最初からそっちに行ってるよ!!〟

僕は、人を憎まず、規則を恨んだ。そして、将来、もし僕が駅員になり、子供が反対側の改札に行きたいと言ってきたら、絶対に融通のきく大人になってやると誓った。

目的地は反対側だ。確実に近くまで来ている。気をとり直し、歩を進める。進むしかない。ガード下ではヤキトリが焼かれている。昼間にもかかわらず、オヤジたちが酔っ払っている。その横をすりぬけ、道を探す。どうやら、線路沿いの道はないようだ。ここからは路地をうまく攻めるしかない。なるべく線路に並行になるように歩き、もう一つの鶯谷に向かうのだ。

方向感覚を失ったら最後。

行きつく先は恐怖の迷子。

パトカーに乗せられ、家族の笑いものだ。

なるべく広めの道を選んで入ったのだが、どんどん道が狭くなっていく。

それでも僕は前に進む。時おり立ち止まり、耳を澄ます。山手線の走る音を聴き、線路が近いことを確認する。

ふと気づいたら、ラブホテル街に迷いこんでいた。子供とはいえ、ただならぬ空気を感じとった。子供のくるところではない。ラブホテルからアベックが黙って出てくる。そして黙ったまま歩き出す。あまり見られたくないのだろう、アベックは早足だった。瞬間、僕は閃《ひらめ》いた。

「あの二人は駅に向かっている。絶対そうだ」

僕は早足でアベックを追った。

すると、アベックはさらに早足。

僕も涼しい顔をしてさらに早足。

電車の走る音が近くで聞こえる。

「ん、ここは……」

見たことのある景色。ラブホテルがあって、神社があって、焼肉屋があって、錆びて乗れなくなった自転車が置いてある。この雰囲気。間違いない。イトコの家のすぐ近所だ。

あとは足が勝手に動いた。

見つけた。イトコの家。天竺だ。天竺ビルだ。ホッとした。とにかくホッとした。家を出てからどれくらいたったのだろう。ちょっとうす暗くなりかけていた。束の間の休息をとり、いざ天竺ビルへ。目的はイトコの家に来ることではない。ここからが本当の意味での天竺になるのか、はたまた地獄に変わるのか……。

一階二階が宝石店、三階から上が親せきの家。各階にいろんな親せきが住んでいる。目指すは四階に住む侑子《ゆうこ》おばちゃんだ。うちのママの妹、つまりは、イトコのおばさんだ。このおばさんは優雅だ。うちに来るときはいつも毛皮を着てくる。もちろんたくさんの宝石をつけて。

僕は四階のインターフォンの前に立った。このとき思った。

「家にいるか確認してから来ればよかった……。もしいなかったらすべてが水の泡だ。頼む!!」

あとは運を天にまかせよう。

ボタンを押す。

「…………」

出ない。

ボタンを押す。

「…………」

出ない。

ヤバイ。誰もいない……？　恐る恐る、ドアに手を掛けた。

「開いた!!」

僕は玄関に入った。親せきだもん、開いてたら入る。

「こんにちは〜!!」

「…………」

「こんにちは〜!!」

「…………」

「ハーイ」

返事があった、いた！

「どなた？」

「浅草の貴博ですけど……」

「ハーイ」

声が近づいてくる。

「あら、ターくん、どうしたの？　一人？」

「一人」

「え？　一人で来たの？」

「うん。たまたま近くまで来たから侑子おばちゃんの顔見たくなって……」

「あらそう。まぁ上がんなさい。どうぞ」

おばさんはおしゃれなネグリジェだった。こんな時間に寝てるなんて、やっぱり優雅だ。

「お菓子食べる？」

「うん。お菓子も食べたいけど、何かこのへんがイガらっぽいというか、渇いているというか……」

そう言って僕はノドをさすった。

「あ、ジュースが飲みたいの？　ヘンな子ね。イガらっぽいって、フフフ……。カルピスでいい？」

「カルピスがいい!!」

「普通のと、グレープとピーチがあるけど、どれにする？」

「全部!!」

さすがお金持ち。カルピスに種類があった。あるとは聞いていたが、ここで出会えるとは。カルピスたちは僕の渇きをいやし、疲れをいやし、そして心をいやしてくれた。

そんなことより本題を切り出さなくては……。

「ねぇ、たーくん、一人で何しに来たの？」

「近くまで来たから侑子おばちゃんに会って帰ろうと思って」

「そう。たーくん、もう五時過ぎてるけど大丈夫？　早く帰らないとママに叱られるんでしょ。ごはん六時でしょ？」

「うん。大丈夫。まだ間に合うから」

「うちに来るってママには言ってあるの？」

「いや、言ってない」

「電話しておこうか？」

「いいのいいの。言うと心配するし、こんなに遠くまで行ったって言ったら怒られるから」

「何か変ね？」

「そう？　変じゃないよ」

「バスで来たの？」

「ううん」

「自転車で来たの？」

「ううん、歩いて」

「え?!　歩いて？　ウソでしょ!!　本当に歩いて来たの？」

「う～ん、ウソ！　バスで来た！」

「でしょ。歩いたら遠いもんね」

「じゃあそろそろ帰らないとごはんに間に合わなくなるわよ」

「それなんだけど……」

「何？」

「帰りは歩きなんだよね」

「どうして？」

「帰りのバス代つかっちゃった……」

「えぇ！　じゃあもう間に合わないじゃない……」

「大丈夫だよ、走れば。足痛いけど」

「足痛いの？」

「大丈夫。ちょっとくじいただけだから」

「じゃあ、バス代あげるわね。百円あれば足りるでしょ！」

「えー?!　悪いよ。どうせバスで帰っても六時に間に合いそうにないし……」

「じゃ、車で送って行こうか？」

「いいのいいの、自分で帰るから。送ってもらったら遠くまで遊びに行ったのがバレるでしょ。ママに心配かけたくないし……」

「でも六時には帰らないと怒られるんでしょ？」

「うん……。何か車みたいに速くて、自分一人で帰れる乗り物ってないかな？」

「それって、タクシーのこと？」

「え、あ、タクシー？　その手があったか」

「…………」

「でもタクシーは高いしね。大丈夫、たまには怒られるよ」

「たーくん、いつも怒られてるじゃない！　タクシー代欲しいんでしょ？」

「うん」

「素直にそう言えばいいのに。ここからなら五百円あれば帰れるから、ハイ、五百円」

「ありがとう」

「それと、これはお小遣い。ママには内緒ね。五百円」

「いいの？　本当に？　いいの?!　ママに言わなくていいの？　本当？　ありがとう侑子おばちゃん。今度浅草来たら肩もんであげるね」

「気をつけて帰るのよ」

「うん！」

「早く行きなさい。怒られるわよ」

「うん！」

「ちゃんとタクシーで帰るのよ」

「うん！」

興奮さめやらぬまま何度もお礼を言って僕は天竺を後にした。お金がたまった。まさか一気に千円を手にするとは。やはり天竺は夢を叶えてくれる場所だった。僕は五百円札二枚握りしめ、もちろんタクシーには乗らず、早足で帰った。

六時はとっくに過ぎていた。帰った途端に怒られたが、僕は笑顔だった。

侑子おばちゃんから電話がきたと言っていた。あれほど言わないでと言ったのに。でも小遣いのことは言ってないみたい。

とにかく侑子おばちゃんには感謝の一言だ。これであの、三十六色の絵の具が買える。

明日、絵の具を買いに行こう。

いろんな安心からか、この日は夕飯を食べてからの記憶がない。

ぐっすり眠れた嬉しい日となった。

明日はもっと嬉しい日になる。

極秘プロジェクト

今日は雨が降っている。

でも気持ちは晴れていた。

体育の授業が雨でつぶれても、給食のソフト麵の中華あんかけにピーマンがたっぷり入っていても全然平気。笑顔でよける。

今日学校が終わったら……。

そう考えるだけで、一日中ニヤついていた。

午後の授業が終わり、帰りの会。僕の小学校では、今日一日の反省と明日の連絡をするホームルームのようなものがあった。誰が授業中うるさかったとか、教科書を忘れたけど、となりの鈴木くんが見せてくれましただとか、他愛のない報告がされる。

その中で誰かが、「今日一日、飛田くんがニヤついてて気持ちが悪かった」と言ったが、ニヤついてて気がつかなかった。

先生が言った。

「今日は雨なので傘をさしながら歩くと危ないから、車に十分気をつけること。それと明日の連絡です。明日は図工の授業があるので絵の具を忘れないこと！　いいわね」

「ハーイ」

みんなが返事をする。

僕はニヤつきながら、少し遅れて返事をする。

「ハーイ」

自信に満ちた大きな声だった。

「それでは終わります」

「起立、気をつけ、礼」

「じゃあまた明日！」

「明日図工かぁ、めんどクセーなぁ」

ちょっと大きめのひとり言をつぶやきながら、僕はいち早く帰りの支度をすませ、いつも一緒に帰る奥山を振りきり、学校を後にした。

このことは誰にも内緒なのだ。

雨の中、傘もささずに文房具屋に走った。ショーウィンドウの中には三十六色の絵の具。間違いなく飾られている。

よし、早く家に帰って、お金をとって来よう。誰かに買われたら水の泡だ。

そこにあることを確認した僕は家まで走った。

いつものように家の階段をかけ上がり、あばれはっちゃくのようにランドセルを投げ、改めてランドセルを片付ける。周りに人がいないことを確認し、そーっと机の引き出しを開けた。左の一番奥に置いてある小銭の入ったフィルムケースをとり出し、トランプの箱の下から五百円札をとり出した。

たった一ヶ月でためた千五百円。人間ヤル気になれば何でもできる。ヤル気の中でも、本気のヤル気だ。

僕は大事なお金を三回数えた。兄妹が多いと一応用心する。

ぴったり千五百円。

それにしても五百円札に描かれているおじさんの顔色は悪い。ドラキュラみたいだし、顔も青白い。大金を正月にもらったお年玉袋に入れ替え、家を出た。傘をさし文房具屋に向かう。はやる気持ちをおさえ、ゆっくりと歩く。信号をしっかり守る。

神聖な気持ちになった。

こういう日は横断歩道も白いところしか渡らない。自分なりのキレイな気持ちのあらわれだった。もう一度、ショーウィンドウの絵の具を確認し、深呼吸。

店の中にも誰もいないことを確かめ、店の扉を開けた。

ピヨピヨピヨピヨ　ピヨピヨピヨピヨ。

扉が開くと小鳥の鳴く音がする。

すると奥からおばちゃんの声。

「は〜い、ちょっとまってネ」

おでんの匂いが店にまで流れてきた。

「はいはい、ごめんねぇ」

「絵の具を買いにきたんですけど」

「はいよ。絵の具はね、そこにあるでしょ」

「そこのじゃなくて、外のガラスのとこに置いてある三十六色のやつ」

「ああ　アレ？　今とってくるわね」

おばさんは裏側の戸を開け、飾ってあった三十六色の絵の具をとり僕のところへ持って来た。

「コレね」

「うん、コレ」

「ボクが使うの？」

「うん」

「すごいねぇ」

「うん」

「じゃあ将来は画家さんかな？」

「うん」

テキトーな返事をした。理由を話すと長くなるし、このことは極秘機密だ。

「千五百円だよね」

「そうよ」

ポケットからお年玉袋をとり出し五百円札を二枚、百円玉を五枚出した。

「あら、お年玉で買うの？」

「うん」

「偉いわねぇ。はい、たしかに千五百円ね」

袋に入れてもらい、文房具屋を出た。

外は雨。

僕は大事な絵の具をお腹《なか》にしまい、しっかりと傘をさし、来た道を正確になぞって帰った。でも帰り道は雲の上を歩いているようにフワフワに感じた。

家に着くなり机に直行。誰にも内緒で買った三十六色の絵の具を置き、フタを開けた。

その色の豊富さに改めて感動する。

「うわぁー、青がいっぱいある。水色からだんだん濃くなっている。何だろう、ぐんじょう色って……」

「赤もいっぱいある……」

「黄色もいっぱい……やまぶきいろ？　やまぶって何だろう？　何の黄色なんだ。まぁいいか」

「青も、緑も……、ん、ビリジアン？」

「カッコイイ……」

「ビリジアン、カッコイイ！」

「たーくん、ごはんよ〜」

「あ、うん。今行く！」

何時間見てたのだろう。六時になっていた。

ずーっと眺めていてもあきない絵の具。

明日は図工だ。ヒーローだ。前田も奥山も先生も、みんな、びっくりするぞ。

これはうちのパパが買ってくれた三十六色の絵の具だ‼　僕が買ったんじゃない。パパが買ってきたんだ。いや、オヤジが買ってきてくれたんだ。

ニセ坊っちゃん

今日は目覚めが悪い、ねむい、寝不足だ。興奮していたのか夜中に何度も目が覚めた。頭もちょっと痛い。いつもなら学校を休みたいと思うところだが、今日は違う。図工でパパに買ってもらった絵の具を使い、みんなをビビらせる。僕はそのためにここまでがんばったのだから、今日は何があっても行く。

平常心。

いつものように朝ごはんをすませ、

いつものようにトイレをすます。

そして、いつものように学校へ向かう。

平常心。

しかし、今日はいつもと何かが違う。

緊張している。

なんか緊張している。うまく言えないけど、なんか緊張している。集団登校の集合場所に次々と集まって来る。同級生の奥山もいる。

何らいつもと変わらぬ風景だが、僕のカバンの中には三十六色の絵の具が入っている。

それを意識すると、みんなの話が耳に入ってこない。口数が減る。

「おぅ、飛田どうした？」

「ん？　今日ちょっと頭痛いんだよね」

「ぶつけたの？」

「違うよ、バカ！」

「全員来たね、じゃみんな行くよ、二列に並んで」

「はい」

いつものようにみんなは話しながら歩く。

いつものように文房具屋の横を通る。

いつものようにショーウィンドウの中に、絵の具はない。

そのことには誰も気づかない。

絵の具は僕のカバンの中……。

いつものように校門が見えてきた。


緊張する。

何事もなく学校に到着。席についてランドセルを開け、教科書を机に入れ、誰にも見つからないよう一瞬で絵の具を机の中へ。

平常心だ。平常心。落ち着け。


一時間目、算数。上の空。

二時間目、理科。上の空。

中休み。

この後、三時間目、四時間目はつづけて図工、図工。

いよいよだ。いよいよみんながビビるとき。

いつどのタイミングで出そう？

緊張する。

日直の女子が、

「図工の準備をしてください」

図工の授業は給食のときと同じように班ごとに机を合わせる。四人で一つの班。机をセットしたらそれぞれ、机の上に絵の具を出す。

僕はまだ出さない。

緊張。

チャイムが鳴る。

先生が来る。

日直が、

「起立、気をつけ、礼、着席」

もう、バクバクだ。


「今日の授業は絵を描いてもらいます。みんな、絵の具を持って来ましたね」

「ハーイ」

「テーマは『春』です。お花を描いてもいいですし、どこかに出掛けた思い出でもいいです。春に関することを描いてください。できた人から先生に見せてください」

「ハーイ」

画用紙が配られる。各自描きたいものを決め、えんぴつで下描きをする。内容は何でも良かったので、たくさんの色を使いそうだと思い、行ったことはなかったが『お花見』の風景を描くことにした。下描きをちゃっちゃとすませた僕はタイミングを見計っていた。

何人かが下描きを終え、絵の具で描き始めたとき、僕は動いた。

筆洗いのバケツに水を入れ。

筆を立てかけ。

パレットをセット。

大きく息を吐き、三十六色の絵の具の箱を出してゆっくりとフタを開けた。

「普通に、普通に……」

心の中で呟《つぶや》く。いつも使っている絵の具のように何から使おうか悩んでいる。

気づけ！　心臓の音が早くなる。

向かいに座っていた横尾がこっちを見た。

「飛田！　スゲェ!!　何その絵の具」

「何？　どうした！」

僕は普通を装った。

「それ、その絵の具、キレイだな」

「あ、コレ？　キレイだろ」

ざわめきを聞きつけた奥山がきた。

「うぉー、飛田の絵の具！　スゲェー!!」

「スンゲー、色がいっぱいある」

「何だよコレ?!」

「わぁー、白がデカいっ」

みんなが群がってきた。口々に絵の具をほめる。またたく間にヒーローになった。

「使いたい色があったら使っていいよ！」

僕は勝ち誇った。そして、緊張の糸がちょっとゆるんだ。

前田も見に来た。

「飛田の絵の具スゲーな」

僕は優越感に浸りに浸った。そして、一言。

「この絵の具はね、うちのオヤ……」

「スゲーな、ぐんじょうって何だ？」

「これを買ってくれたのは、うちのオヤ……」

「こげちゃってウンコ色か？　ハハハハ」

「スゲー、飛田、ウンコ色持ってる！」

「ちがうよ、こげた茶色だよ」

「ウンコだろ！」

「ウンコじゃねえよ！」

話が思いもよらぬ方向に動き出してしまった。

「コラ！　みんな自分の席につきなさい！」

先生に叱られた。みんなが一瞬で席に戻る。先生は僕のところに来て、

「飛田くん、すごい絵の具ね。どうしたの？」

「うちのオヤジに買ってもらいました」

「スゲーっ！」

「スゲェーな飛田んちのオヤジ!!」

「飛田んち金持ちだなぁ」

「静かにしなさい!!」

「飛田くん、みんなと同じやつ持ってたでしょ」

「僕が絵を描くのが好きだって言ったら、ウチのオヤジが買って来てくれたんです」

「そう、じゃあ、大事に使うのよ」

「はい」

「がんばって、いい絵を描きなさい」

「はい」

「じゃあ、みんな、つづけて」

「は～い」

ホッとした。先生に怒られると思ったが怒られなかった。誰がどう思ったかわからないが、みんなの前で、パパに買ってもらったと言えた。

みんなよりすごい絵の具を持っている。

みんなよりすごいパパを持っている。

絵はヘタだが、すごい絵の具を持っている。

絵を描いて一度もほめられたことはないが一生懸命描いた。いろいろな色を使ってあざやかに描いた。行ったことのない花見の風景を想像で描いた。絵はいつも通り、ほめられることはなかったが、満足のいく絵だった。

「スゲー、飛田んちのオヤジ」

「飛田んち金持ちだなぁ」

聞いたか前田。

これから図工の時間のたびに僕はヒーローになる。パパに買ってもらったこの絵の具で。

パパのビンタとママのおにぎり

僕はウキウキで家に帰った。階段をかけ上がり、いつもより上機嫌で、あばれはっちゃくのようにランドセルを投げ、片付け直して出掛けようとしたとき、ママに呼ばれた。

「たぁーくん、ちょっと来て」

声の雰囲気からほめられることではないのがわかった。でも、怒られるようなことをした覚えもない。

「なに？　ママ？」

「ね、たぁーくん、絵の具どうしたの？」

「えっ」

何でママが知ってるのか、わけがわからなかった。

「絵の具、三十六色の絵の具、今日学校に持っていったんでしょ」

「う、うん」

「どうしたの？　ねぇ……？　どうしたの?!」

「………」

「パパは買ってないわよね？」

僕は固まった。

「先生から電話があったの。図工の時間にアナタがうれしそうに立派な絵の具を自慢してたって。お父さまに買ってもらったって喜んでいたって。パパ買ってくれてないでしょ!!

絵の具どうしたの？　答えなさい!!」

ママは僕をまくしたてるように言った。

僕はとっさにウソをついた。

「友達のお父さんにもらった」

「友達？　誰の？」

「…………」

「答えなさい」

「幼稚園のときの友達のお父さん……」

「誰？」

「言ってもわからないよ」

「誰？」

「角山くんのお父さん……」

「本当？」

「うん」

「ウソついたらママ怒るわよ!!」

「うん。本当だもん」

「確めるわよ」

「うん。いいよ、だって本当だもん……」

僕は幼稚園時代の友達ならもう連絡もとれないだろうと浅はかなウソをついた。

「もう、いいわ」

ママは何を言ってもウソをつく僕にあきれたようだった。

このことがパパの耳に入り、しっかりと問いただされることは目に見えていた。この日ばかりはパパの帰りが怖かった。普段はうちでもずっとフザけてて、とってもやさしいパパだけど、怒ったときは死ぬほど怖い。

僕はちゃあちゃんに、頭が痛いとウソをつき、布団を敷いてもらった。病気だと言えば怒られるのも明日になったり、少しはやさしく怒ってくれたりするんじゃないかと思ったから。布団の中でどうすればあまり怒られないですむか言い訳ばかり考えていた。

夕食の時間。気持ちはどん底だったが、お腹は空《す》いていた。でも夕飯はパス。食べたら元気なのがバレてしまう。僕は布団でうずくまった。

〝どうか怒られませんように、少しですみますように〟

ただただ神様に祈った。

今日一日でいくつウソをついてしまったのだろう。友達、先生、ママ、ちゃあちゃん、幼稚園時代の友達……。みんなにウソをついてしまった。

夕飯が終わり、妹たちが部屋に戻ってくる。

「たーくん、大丈夫？」

部屋の端で布団にくるまり寝たフリをする。お腹がグーッと鳴る。うちは九時には寝るきまりがある。あと少し、あと少しで今日が終わる。

妹たちはオフロに入り、パジャマに着替えてまた部屋に戻ってくる。仲良くみんなで布団を敷いて寝る準備をはじめる。四階の大部屋は五人の子供とちゃあちゃんが一緒に寝ていた。

そろそろ九時だ。

そのとき。

外からパパの元気な声が帰ってきた。

「ただいまぁ!!」

「お帰り!!」

僕以外の兄妹がパパの元へ走っていく。

僕だって一緒に出迎えたい。でも今日は無理。僕は布団の中で、みんなのハシャぐ声をさみしく聞きながら、今日という日がこのまま終わってほしいとそればかり願っていた。

ママの声が聞こえた。

「そろそろもう寝なさい」

「は～い!!」

元気な返事とともに妹たちが部屋に戻ってくる。

「おやすみ！」

「おやすみ！」

「たーくん、おやすみ！」

「…………」

このまま終わってくれ。今日はこのまま終わってくれ。

妹たちの寝息が聞こえてきた。全然、寝つけない。

しばらくすると、部屋のドアがそーっと開いた。

「たーくん、起きてる？」

ママの声だ。足音が僕の枕元に近づいてくる。

「たかひろ、たかひろ。起きて」

「…………」

「起きなさい」

「…………」

「パパが話があるって」

　僕は無言ですくっと起き上がった。すやすや眠る妹たちを起こさぬように、そーっと部屋を後にした。


　怖い、怒られる。


「パパ、たかひろ連れて来たわ」

「たかひろ、屋上で二人で話そうか？　みんながいると言いにくいこともあるだろうし、な」

　パパはすごく穏やかな口調だった。何かこっちが拍子ぬけするほどやさしかった。

　そしてママに向かってこう言った。

「俺さ、たかひろと二人で話がしたいから、心配しないでここで待ってて。男同士で話がしたいからさ。たかひろ、屋上に行こう」

　僕は言われるまま、パパと屋上に向かった。季節は春を間近に控えた三月はじめ、冬が最後の力をふりしぼる凍《い》てつく風の吹く頃だった。

パパは屋上のドアを開け、ためらうことなく裸足《はだし》のままコンクリートの上に正座した。

そして、おびえた顔で立ちつくす僕に、

「パパの前に座りなさい」

と、やさしく言った。

僕は素直にパパの前に正座をし、うつむいて次の言葉を待った。

「たかひろ。たかひろの心の中にあるものをパパに教えてくれないか？　お前の正直な気持ちを教えてほしいんだ。さぁ、パパの目をちゃんと見て言ってごらん」

数分しかたっていないが冷たいコンクリートの上での正座はもう限界だった。

うつむいたままの僕にパパは、

「パパの目を見て話そう。たかひろ」

ゆっくりと顔を上げてパパの目を見ると、とても悲しそうな目をしていた。顔を上げたものの目線はすぐに外してしまった。そして僕は言葉を絞り出した。

「ごめんなさい……」

精一杯の言葉だった。

「ごめんなさい」

「たかひろ。お前のごめんなさいには心がこもってない」

「…………」

「ウソをついた、悪いことをした。だから謝る。それじゃ謝ったことにはならないよ。なぜ、そうしてしまったのか、人にどれだけ迷惑をかけたのか、人がどれだけ傷ついたか心配したか、その痛みがわかってはじめて心からのごめんなさいが言えるんだ。悪いことをしたからただ謝る。そんなズルい人間にはなってほしくない。俺はお前の心からのごめんなさいが聞けるまでここを動かないよ。

　ママから聞いたよ。先生から電話がきたって。良い物を持たすのは悪いことだとは思わないけど、必要以上に良い物はなるべく持たせないでくれって。三十六色の絵の具を俺に買ってもらったって言ったそうじゃないか……。ママ、あの子に何があったんだろうって泣きながら心配してたぞ。友達のお父さんにもらったって言うから、お前を信じて、もらったならお礼を言わなきゃって電話したけど、あげてもないし、もうずいぶん遊びにも来てないって。たかひろ、絵の具どうしたんだ？」

僕はどうしていいかわからなかった。自分のついたウソの固まりが目の前に次々と出てくる。涙がとまらない。

「ごめんなさい」

「ごめんなさい」


ただただ謝る僕にパパはとうとう手を上げた。

頬を打つ音が屋上に響く。

「正直になる勇気を持ちなさい！」

「パパはそんなたかひろは大嫌いだ」

大きな声をあげたパパの目には涙が溢れていた。

パパを泣かせてしまった。パパに嫌われた。どうしよう……。素直になりたい。僕は、涙が出すぎて呼吸もうまくできなくなっていた。ひざが涙でぬれる。息も整わないままどうにか声を絞り出した。

「自分で買いました」

「パパの目を見て言うんだ」

「自分で買いました……」

「そうか、じゃ、お金はどうしたんだ？」

「自分でためて買いました……。おじいちゃんちに行ってもらったり、うぐいす谷の侑子おばちゃんちに行ってもらったりした……」

「本当か？」

「うん……」

「……。自分で買ったのか……」

「…………」

「だったら胸を張って自分で買ったと言いなさい。どーしてパパに買ってもらったって言ったんだ？」

「…………」

「泣いてちゃわからないぞ」

「…………」

僕の心の奥底にある気持ちがつたない言葉となって涙と一緒に溢れてくる。

「パパにもらったって、言いたかった」

「パパに……？　どうして……」

「パパにもらったって言うと、みんなすごいって言うし……」

「友達も学校でパパにもらったって自慢してて……」

「うちのパパはテレビでいつもふざけてるけど、本当はすごい人だし……」

「みんなのパパの中でも一番すごい人だし、一番おもしろいし、一番働いてるからうちにいないし……。友達んちのお父さんはずっと家にいるし、ぜんぜんすごくない」

「弟子もいないし、自転車に乗ってるし、ゴルフもやってないし……」

「パパが一番スゴイのに……」

「テレビに出るってすごいのに……」

「友達んちなんかアパートだし……」

「大きい犬飼ってるけど部屋ちっちゃいし……」

「友達んちは何やってるかわかんないのに……」

「プリンのコップつかってるくせに……」

ほつれた心からとめどなくこぼれてくる。

「たかひろ。パパの仕事は恥ずかしいか？」

僕は大きく首を振った。

「そうか。パパもそう思う。胸を張って言える。パパはコメディアンだ」

「いいか、この世に恥ずかしい仕事なんてないんだよ。絵を描く人、歌を唄う人、公園のそうじをする人、ゴミを持っていってくれる人、ラーメン屋さんだってヤキトリ屋さんだってみんな大事な大事な仕事なんだ。仕事にすごいもすごくないもないんだよ。トイレがキレイなのもそうじをしてくれる人がいるからだろ。キレイだと気持ちがいいだろ。朝早くから魚を仕入れに行ってくれる人がいるからおいしいごはんが食べられるんだ。パパの仕事もそうだ。笑ってもらえれば楽しく暮らせるだろう。

みんな必要な仕事なんだ。みんな人の役に立ってるんだよ。わかるか……。いい車に乗ってるから、大きい家に住んでるからって偉いわけじゃない。もしそれに憧れるなら近づけるようにがんばればいい。友達の悪口を言ったね。もっと友達を大切にしなさい」

「…………」

「たかひろ」

「うちのパパが一番だって言ってくれたね」

「ありがとう」

「パパはたかひろの中で、一番のパパになりたい。パパのことをこんなに思ってくれて……。本当に、うれしい」

「ただ、ウソをついてまでパパのことを思ってほしくない」

「今のたかひろのままでパパのことを思ってほしい」

「パパはそれが一番うれしいんだよ」

寒さや足の痛みなど忘れていた。ただただ申し訳ない気持ちでいっぱいになった。どれくらい時間がたったのだろう。僕のために、長い時間正座しながら、親身に話をしてくれるパパに大きなやさしさを感じた。

「パパ、ごめんなさい」

「僕、ウソをついちゃった……」

「ウソをついたら、大変なことになって……、もっとウソをつかないといけなくなって……。くるしくなった……」

「パパ、ごめんなさい」

心からの言葉だった。

するとパパは僕のことをものすごく強い力で抱きしめた。

「よく言えた。もう大丈夫だ。たかひろは正直に言える勇気を持った。もう大丈夫だ」

二人で泣いた。

「よし、一緒にお風呂に入ろう」

「ママ、そこにいるんだろ」

ママは心配で屋上のドアを少しだけ開けて見ていた。

「お風呂沸いてる？　たかひろと風呂に入ってくるよ！」

「はい」

二人でお風呂に入った。すごく楽しい時間だった。パパはいつもどおりフザけてくれた。お風呂から上がると、テーブルにはママが作ったおにぎりとみそ汁がおいてあった。

第二章
松竹演芸場

ホームレスコメディアン

相変わらずの今日この頃。いろいろあるにせよ、学校がつまらないわけではない。基本的には楽しい毎日を送っている。

勉強もキライじゃない、ただ得意じゃないだけ。

運動もキライじゃない、ただ平均的なだけ。

普段はそう目立つ存在ではない。そんな平穏な日にも、よく考えることがある。

「どうしたらパパのスゴさがみんなにわかるんだろう？」

「テレビに出るってスゴいことなのに、おもしろいってすごいのに、友達に芸能人がいっぱいいるのに」

うちの電話帳には、萩本欽一、伊東四朗、中村メイコ、研ナオコなど名だたる有名人の電話番号が書いてある。よく見ると、おもしろい人たちばっかり。キャンディーズとか書いてあればもっとスゴいのになぁ……。

そんなとき、ひょんなことからパパのスゴさが証明できる方法が見つかった。

それはいつもの登校時間。

朝、八時十分。集団登校のため、ウチの裏のお地蔵さん前に集まっていた。全員がそろった八時十五分頃、六年生の班長は人数を確認する。

そのとき、誰かが叫んだ。

「あっ!! ネコおじさんだ!!」

「あー、ネコおじさん!!」

「みんな、おじさん来たぞ!!」

遠くから軽快に歩いてくるこのネコおじさんとは、僕ら小学生の神様的存在だ。時折姿を見せる六十歳くらいのおじさんで、一年中作業着姿で現れる。多分、ホームレスであろうおじさんだ。おじさんはなぜか子供が全員そろった頃にやってくる。そしてまずお地蔵さんに一礼し、ポケットに手をつっこみ、おさい銭を投げたフリをする。鈴を鳴らし、手を合わせ、何かブツブツお願い事をする。このとき、誰が話しかけても一切無視、何の反応もしてくれない。僕らは、はやる気持ちを抑えつつ、お参りが終わるのを今か今かと待っ。

おじさんがお参りを終えた瞬間、僕らは一斉に声をかける。

「おじさーん!!　おじさーん!!」

「なんだニャ〜!!」

ネコおじさんと言われる所以《ゆえん》だ。

一同大爆笑。

「ねぇねぇおじさん、あの歌うたって」

「ききたい!!　ききたい!!」

「ねぇおじさんうたってー!!」

「ったく、しょうがないニャ〜!!」

大爆笑。もう心を奪われっ放し。

「じゃあ、みんニャ！　集まるんだニャ〜!!　それじゃ歌うぞ。ワン！　トゥ！　ワン！

トゥ！　スリー！　フォー!!

『♪　ションベン小、小、小学校
ションベン中、中、中学校

ウンコ大、大、大学校…… ♪』」

僕らは笑い袋と化す。子供の笑うツボを自在につきまくってくる。笑いのツボならケンシロウなんて目じゃない。何回聞いてもあきない。

しばらく盛り上がっていると必ずといっていいほど、近所のオバちゃんがやって来る。

「ちょっとアンタ何やってんの!! 子供に話しかけないでちょーだい!!」

おじさんは撃退されてしまう。

でも僕らはおじさんの味方だった。撃退されたおじさんは、ちょっと離れた所で、

「じゃあ〜ニャ〜!!」

と言って去って行く。

僕らはまた会えることを楽しみに手を振る。

オバちゃんは、

「手なんか振るんじゃないの!! 早く学校に行きなさい! アンタたち! 知らない人と話しちゃダメなのよ!!」

と怒ったまま僕らを見送る。

僕らにとってネコおじさんは、知らない人ではない。笑いのヒーローだ。

灯台もと暗しだった。

みんなはネコおじさんを尊敬している。スゴいおじさんだと思っている。誰もバカにしていない。

目からウロコが落ちた。

「生《なま》の笑いだ!!」

どうして今まで気がつかなかったんだ。生の笑いを見せれば絶対にパパをバカにしなくなる。うちのパパはプロだ。ネコおじさんより絶対におもしろい。ネコおじさんよりすごいところを見せつけてやればみんなも尊敬する。

よし、友達にパパの舞台を見せてやれ。

僕とパパはヒーローになる

学校の休み時間、僕は友達を集めた。

「みんなさぁ、明日の日曜日何やってる?」

「べつに……。何かして遊ぶ?」

「いや、うちのオヤジがさぁ、松竹演芸場で舞台やってんだけど見にこない? ただで見れるよ」

「本当? オレ舞台見たことねぇ!!」

「行きたい! 行きたい!」

「私も行きたい、行ってイイ?」

「いいよ! 行きたい人みんなで行こうぜ!!」

「やったー!!」

予想以上に評判が良かった。

「なぁ飛田、舞台って何すんの?」

「バカかお前は。うちのオヤジが出てんだからお笑いの舞台だよ」

「おもしろいの!」

「バカ!! 当たり前だろ。うちのオヤジが主役なんだから」

「スゲェ。主役なの? スゲェな」

「もっとスゲェのがさ、うちのオヤジが出る前に、ツービートとか片岡鶴太郎とかが最初に漫才とかやって最後にオヤジがおもしろい劇をやるんだよ」

「スゲーな」

「ツービートって、オレ、テレビで見たことあるよ」

「最近出てるよな」

「片岡鶴太郎ってものまねの人だろ。こないだ笑点で見たよ！　スゲー、生で見れんの?!」

「みんなオヤジにあいさつしにくるんだぜ」

「スゲー！」

「なぁ本当に行っていいの?!」

「いいに決まってんだろ!!」

僕は得意気に、
最高に気持ち良かった。

「サインとかもらえんのかな〜」

「まぁ普通はもらえないけど、オレがいれば楽屋に行けるから、もらえるよ」

「マジで?!　オレ色紙持っていこう!!」

「オレも絶対サインもらう!!」

話だけで興奮してきていた。僕はさらに調子に乗った。

「他にも、東京コミックショーとか、トンボと三吉だろ、ラッキーパンチ、Wけんじ、Wモアモア、若人アキラ、久里みのる、橋達也と笑いの園、深見千三郎……」

出ている芸人の名前をズラズラならべていると、

「…………」

みんなキョトーンとしらけた。ちょっとマニアックすぎた。

僕は気をとりなおし、

「じゃあ明日。お昼の舞台見るから、十一時に千束公園な。あとけっこう長いから弁当持って来た方がいいな。中で買うと高いし」

「うん、わかった。飛田、オレんち酒屋だからみんなの分のジュース持って行くよ」

「サンキュー」

「あと混《こ》んでて座れないかもしれないから、敷物とかあった方がいいな。前田、持ってこいよ！」

「うん!!」

なぜかピクニック気分だった。

「じゃあ、行く人全部で何人だ？」

「ハイ!!」

「ハーイ!!」

「ハイ!!」

「ハーイ!!」

「一、二、三、四、五……十」

十人?!……十人?!

ちょっとビビった。行きたい人みんないいとは言ったが、十人は多い。

〝どうしよう……でもみんな、すごい楽しみにしているし、今さらへらすのも……。みんなに見せた方が、スゴいってウワサにもなるし、まぁ、どうにかなるか……〟

この日の帰り、

「じゃあ、明日十一時な。絶対おくれんなよ。おくれたら置いてくからな!!」

僕は上機嫌で学校を後にした。

明日、僕とパパはヒーローになる。

でも、僕にはまだ仕事が残っていた。ママに言って演芸場のチケットをもらわなければならない。それはそんなに難しいことだとは思ってもみなかった。

夕方、ママが帰って来ると、僕はすぐにお願いをした。

「ママ、明日パパの舞台見に行っていい？」

「いいわよ。いつも行ってるじゃない」

「あのさぁ、友達がすごい行きたがってて、一緒に連れてってもいい？」

「いいけど、いっぱいは無理よ」

「え?!」

「何人？」

「十人」

「十人?!　無理無理。そんなに入れないわよ。あなただって知ってるでしょう。いつもお客さんいっぱいで入れないのに。十人なんて。券もないのにどうやって入るのよ」

「え？　券ないの？」

「ないわよ。毎日売り切れてるもの。あんたいつもタダで入って見てるじゃない」

「じゃ、友達は入れないの？」

「あのね、一人、二人ならまだしも、十人はいくらなんでも入れないわよ。断りなさい」

青ざめた。緊急事態の発生だ。あんなに大口たたいたのに、今さら中止なんて絶対言えない。もう、明日のことだし……。ヤバイ……。

電話の横には緊急連絡網が貼ってある。この連絡網は遠足が雨で中止になったときしか使ったことがない。演芸場中止、こんなことでは使えない。どうしよう……。こうなったら風邪を引くか、ケガするか、他に中止のしようがない。

困った。心の底から困った。中止にしたら何を言われるかわからない。

パパにまで火の粉《こ》がふりかかるのは目に見えている。何かいい手段はないものか。

僕は『あばれはっちゃく』のように逆立ちをして考えた。

〝はっちゃけ！　はっちゃけ！　はっちゃけ！……ひらめいた!!〟

「強行突破だ」

作戦でもなんでもなかった。もうなるようにしかならない。イチかバチか、中止にしたらどっちみちバカにされる。ならばやってみるしかない。わずかな望みにかけるしかない。

強行突破

日曜日の朝がきた。決して目覚めは悪くない。もう腹は決まっている。

いつものように七時過ぎに起き、朝から余裕でテレビを二本立てで見る。『タイムボカン』と『がんばれ!! ロボコン』。そして大好きなサッポロ一番みそラーメンに卵を入れてぜいたくに仕上げ、朝食をすませる。


「たかひろ、テレビの音がデカいよ！」

パパが起きてきた。ステテコ姿のパパはスキだらけでおもしろかった。

「ねぇ、パパ。今日友達と一緒に見に行くね。行ってもいいよね」

「いいよ」

「友達がパパのサイン欲しいって。してくれる？」

「一人十枚までな」

「そんなにいらないよ」

パパは家でよく冗談を言う。

パパには友達と行くとちゃんと伝えた。ただ、人数は言わなかった。自分のうしろめたい気持ちを少しでもへらすため、大雑把に言っておいた。

パパは弟子たちと劇場に向かった。

そろそろ十一時。集合時間だ。少しでも人数がへってくれていればと思いながら千束公園へ。

全員集まっていた。しかもテンション高めで。

「飛田、ジュース持って来たゾー!!」

「おう！　おいビンかよ?!　普通こういうとき、缶じゃない？」

「文句言うなよ」

「飛田、敷物持ってきたけど、使うかな？」

「使うよ。いっぱいで席には座れないんだって」

「そんなに人気あるんだ」

「うん。もしかしたらいっぱいで入れないかもしんない」

「え?!　入れないの、ウソだろ?!」

「イヤ、もしかしたらだよ、大丈夫だよ」

「じゃあ、みんないるね。行こうぜ!!」

僕らは地元浅草・松竹演芸場へ歩きだした。

「な、たけしのサインもらえるかな？」

「いたらもらえるよ」

「スゲーたのしみだナ。飛田のオヤジ、主役だろ」

「うん」

腹をくくっていたハズだったが……。足取りは次第に重くなっていった。

「なぁ、飛田、切符ちょうだい」

「ん。んム。切符はなくて大丈夫」

「ダメだろ。券ちょうだいよ」

「大丈夫。切符なくても入れるから」

「え?!　切符ないの?!」

みんなの足が止まった。

「じゃあどうやって入るんだよ」

「……顔パスだよ」

「…………」

「顔パス？」

「…………」

みんなの顔に不安がよぎったのかと思ったら、

「スゲェー！　顔パスだって!!」

「ま、まぁな！」

意外な展開にプレッシャーがかかる。もし入口で止められたら……。

無謀なのはわかってる。もう後戻りはできない。強行突破。入口から堂々と顔パスで入る。入る!!　絶対入る!!　僕は余裕の表情をしていたつもりだが、多分ひきつっていたと思う。気持ち的にはもうヤケクソ。

「顔パスだよ、顔パス。うちのオヤジの舞台だぜ、入れないわけないじゃん!!」

演芸場が近くに見えた。すごい人だかり。

東八郎十五周年記念公演と書かれたのぼりがいくつも出ている。

「スゲーな飛田のオヤジ。人気あんな」

「当たり前だろ」

心臓の鼓動が早くなる。入口には、切符をにぎりしめた客たちがズラーっとならんでいる。先頭の人たちは次々と切符を切ってもらい中に入っている。

当たり前だ。当たり前の感じで入っていくんだ。ずーっと自分に言い聞かせた。

あとはイチかバチかだ。神のみぞ知る。〇か×か。天国か地獄か。イジメられるか尊敬されるか？

「よし全員いるな。一列にちゃんと並べよ」

「うん」

「ＯＫ！」

「わかった！」

「入るときには入口のオバちゃんにちゃんと挨拶するんだぞ！　わかったな!!」

「うん。わかったよ」

「こんにちはでいいの？」

「元気よくな!!」

思わず語気が強くなってしまう。

「それじゃ、行くぞ!!」

緊張の一瞬だ。

切符を持ってならぶ一般のお客さんの横を子供が関係者ヅラして歩く。もぎりのオバちゃんのそばまでくると、時間がスローモーションに流れているように感じた。

もぎりのオバちゃんがコッチを見た。

僕は満面の笑みで、

「どうも!!　八郎の息子です!!」

通過した。見事に通過した。後ろもつづく。

「こんにちは！」

「こんにちは！」

「こんにちは！」

「お邪魔します！」

「お邪魔します！」

「お邪魔します！」

「お邪魔します！」

「お邪魔します！」

「お邪魔します！」

「お邪魔します！」

全員通過した。

やった!! やった〜!! 人ん家《ち》でもないのになぜかお邪魔しますになってたけど、とにかくやった〜!! 喜びをかみころし、当たり前の顔で、

「みんないるね。この階段をおりると楽屋。うちのオヤジのいるところ!!」

「こっちが客席。入るんだったらお客の邪魔にならないように！ わかった?!」

「うん、わかった」

「わかったよ」

大きめの声で、もぎりのオバちゃんたちに息子だから中に入っても止めんなよアピールをした。

ホッと一安心。あとは舞台を見てもらってパパのスゴさをたんのうしてもらわなきゃならない。

一階席は満席だ。もう誰かが漫才をやっている。立ち見のお客で前が見えない。

「よし、じゃあ、みんな、二階へ行くぞ！」

二階もいっぱいだった。僕はうれしそうに、

「二階もいっぱいかぁ。スゲェーなぁ」

とみんなに聞こえるように言った。

「じゃあ、人に迷惑かけないように端っこに敷物しこうぜ」

僕らは二階席の一番前の端っこに陣取り、敷物をしいて、弁当を広げ、ピクニック気分で第一部の漫才やコントを楽しんだ。

ツービートや片岡鶴太郎、青空球児・好児、晴乃ピーチク・パーチク、東京丸・京平、知ってる芸人、知らない芸人たちが次々に入れ替わり立ち替わり客を笑わせる。みんなも楽しんでいる。これが終わればいよいよ第二部、うちのオヤジの登場だ。

ベルが鳴る。いよいよ幕があく。

僕は誰よりも先に拍手をする。

みんなもつられて拍手をする。

お客もつられて拍手する。

二階席中が拍手する。


なかなかはじまらない。

五分前のベルだった。


「飛田、はじまんねぇじゃん」

「今はじまるって!!」


「はじまんないじゃん！」

「はじまるって!!」

「はじまんないじゃん!!」

「はじま……んないね」

「何だよそれ！」

またベルが鳴る。

「はじまるぞ!!　今度は本当にはじまるぞ」

僕はまた誰よりも先に拍手をした。

みんなもつられて拍手をする。

今度は一階も二階もみんな拍手をした。

コントらしい軽やかな音楽が鳴り、拍手はより一層大きくなる。

幕が上がった。

時代劇のお芝居だ。

茶店で働く若い娘、お菊。
だんごを食べてひと休みする旅の者。
甲高い声で客ひきをする茶店の主人。
おだやかな江戸の町はずれの風景だ。
そこに現れるヤクザ者。
娘をよこせと主人にせまる。
さもなくば店を壊すと、若い衆が暴れだす。

こんなとき、息子のハチがいてくれたらどんなに心強いだろう。

そんなピンチに現れる流れモノ。
そう、それこそが勝手に家を飛び出した「ハチ」。
ハチが帰って来た!!

「ヤメな!!」

三度笠を目深《まぶか》にかぶり、若い衆をけちらす。

「誰だ、テメェは？」

ゆっくりと笠のヒモに手を掛ける。

「名乗るほどのモンじゃねぇが……、帰って来たぜ!!」

みんなが一瞬、息を呑む。


「ヒモがこんがらがっちゃった～!!」


全員でコケる。

客は爆笑、拍手喝采。


「とって、とって、とって～!!　こんがらがっちゃった～!!」

さらに笑いが大きくなる。

「どれ、かしてみろ！」

なぜかヤクザがお手伝い。

「苦しい！　苦しい！　苦しい!!　しまってる、しまってる、しまってる!!　死んじゃうよ～!!　バカ!!　とれた!!　あ～苦しかった」

「いいから、とっとと顔を見せろ!!」

「ソ……んなに見たきゃ見せてやるよ!!」

笠をとって投げつける。

「とくと見やがれ野郎ども!!　これが江戸の色男！　浅草のハチのお帰りだい!!」

主役の登場に客が沸く。客席からも声がかかる。

「ヨ！　アズハチ!!」

「ヨ、アズマ、日本一!!」

この勢いのまま喜劇がつづく。

事あるゴトに客が沸く。
客の頭が前後にゆれる。
笑っては拍手。
笑っては拍手。
休むスキ間も与えない。
事あるゴトにみんなの顔を見る。
前田が笑ってる。
奥山が笑ってる。
星野も鈴木も竹田も、みんな手を叩いて笑ってる。
これが東八郎だ。
これが僕のパパなんだ。
舞台を自由に駆けまわる。
二階の奥まで笑ってる。
誰より一番カッコイイ。
世界で一番おもしろい。

　これが東八郎だ。

　わかったか、みんな‼


　一時間以上の舞台が、あっという間に終わる。

　今日一番の拍手と歓声の中、幕が降りると、

「いやぁ、笑った」

「あー、おもしろかった」

　おじさん、おばさんたちが笑顔で席から立ち上がる。僕らは敷物を片づける。

「うちのオヤジ、すごいだろ」

「うちのオヤジに会いに行く？」

「うちのオヤジのサインあげるよ」

　僕は「うちのオヤジ」を連発し、他のお客さんにも「僕は八郎の息子」をアピールした。

「すげぇ、おもしろかった」

「飛田んちのオヤジ、すごいな」

「飛田んちのオヤジが一番おもしろかったな」

「だろ!!」

僕とパパはヒーローになった。

いや、僕はヒーローの息子になった。

「じゃ、楽屋行く?」

みんなを引き連れて楽屋への階段を下りた。

「パパ、みんながサイン欲しいって!!」

そう広くない楽屋に十一人の子供がゾロゾロ入ってくる。

「みんなおもしろかった?」

パパが笑顔で話す。

「ハイ、すっごい楽しかったです」

「スゲーおもしろかった」

「今まで一番笑いました」

「みんなパパが一番おもしろかったって!!」

次々に出演者が挨拶にくる。

「おつかれ様でした!!」

「おつかれ様でーす!!」

「あ、ヤクザだ!!」

「あ、親分さんだ!!」

楽屋の雰囲気に興奮がぶり返す。

僕もこんなに興奮した日はない。

それ見たことか……。

それ見たことか……。

興奮するみんなを見て、何ともいえない気持ちになった。

金メダルを百個拾った感じ。

喜びなんて言葉じゃまかない切れない。

血の巡りがグルグルしてるのがわかる。

とにかく、味わったコトのないような充実感、手応えを感じた。これでもうパパをバカにはできない。尊敬というものを覚えたに違いない。

「じゃあ、俺、オヤジの楽屋に戻んなきゃいけないから、ここで解散な」

「うん、ありがとう」

「すげー、おもしろかった」

「あのさ、飛田、お前、さっき『パパ』って呼んでたろ？」

「呼んでないよ」

「お前ホントは家でパパって呼んでんだろ？　ダッセェー」

「呼んでねぇよ」


僕はパパのサインを持ったみんなを見送り、時間の許す限り、パパの楽屋で過ごした。

とくに楽屋に戻らなければならない理由はなかったが、少しでもパパとの時間を過ごしたかったので、無理やりお祝いの花に水をやり、化粧前の水をとりかえ、差し入れを食べつくした。

幸せな時間だった。いつもなら一人占めできないはずのパパを一人占めできる。妹にも弟にもママにも気兼ねなく一人占めできる。

パパの昼寝に付き合い、パパの着替えを手伝い、パパの次の出番を笑顔で見送った。

そして、この最高な気分がいつまでもつづけばいいな、と思いながら、夕方家に帰ると
あきれ顔のママがいた。

「たーくん。お友達いっぱい連れてったんだって！」

「だめだって言ってんのに、この子ったら……」

「ごめんなさい……」


明日の学校が楽しみだ。


パパのおかげでヒーローの息子になった。

案の定、舞台の話でもちきりだった。

パパのマネをする友達がいる。

「♪　ガンバレ〜ツヨイゾ〜！　ボ〜クラ〜のナマカ……♪」


だが、ヒーローと、ヒーローの息子は三日と持たなかった。

テレビでまたケーキに顔をつっこんだ次の日。

「飛田のオヤジってバカだよなぁ」

「顔でケーキ食ってやんの！」

変身はいつかはとける。

ウルトラマンに比べたら、かなりもったほうだ。

第三章

マヨネーズ事件

山手線にはマヨネーズ

小学四年。僕のイタズラの歴史の中で、一番大きな事件が起きてしまった。その名も「マヨネーズ事件」。決してサラダ感覚な事件ではない。思いもよらぬ展開に歯止めが効かず大迷惑な結末となった。

夏休みも間近にせまったある土曜日、授業も午前中に終わり、ウキウキの下校時間。

「今日何して遊ぶ?」

奥山が元気に聞いてくる。すると平山が、

「手品やらねぇ?」

「手品?」

「テレビで見たんだ、マヨネーズ使ってやる手品」

「いいねぇ、じゃあ、マヨネーズ持って千束公園に集合な!」

「じゃぁねぇ!!」

「後でな！」

みんな自分の家に散らばった。

子供は手品に弱い。なんのためらいもなく、家からマヨネーズを持ち出し、千束公園に集まった。平山、竹田、星野、奥山、そして僕の五人。そして五つのマヨネーズ。

「よし！　手品やろうぜ」

竹田がハシャいで言う。

「なぁ平山、手品ってどうやんの？」

「まず、アルミホイルにマヨネーズをすこし出して、そんで包むのね……」

「……」「……」「……」

全員がキョトンとした。

「アルミホイル？」

「ないよ」

「…………」

「お前持ってる？」

「持ってないよ」

「お前は？」

「…………」

「だって、平山がマヨネーズしか言わなかったじゃん」

「平山、持って来てないの？」

「……ない……ね」

「手品できねぇじゃん」

「じゃあ、中止だな」

「そうだな」

あっさりと手品をあきらめた。子供のときの遊びなんてこんなもの。ダメならダメですぐに次を考える。

「じゃあ、何して遊ぶ？」

とくに竹田は切り換えが早い。

「せっかくだからマヨネーズ使って遊ぼうぜ」

せっかくの意味はよくわからないが全員が納得した。

ふと、星野が何かに気づいた。

「っていうか、飛田のマヨネーズ、デッカくねぇ？」

たしかにデカかった。うちは家族が多いので、業務用みたいなサイズだった。いつもなら大きいのを自慢するところだが、マヨネーズがデカいのは何か恥ずかしかった。

「でも、マヨネーズで何する？」

みんなで考えた。すると誰かが、

「電車乗りに行かない。山手線。山手線一周しようぜ!!」

「いいねぇ！」

「山手線乗りてぇな！　行こうぜ!!」

「イェーイ!!」

マヨネーズは関係なくなった。子供のときの遊びなんてこんなもの、簡単に考えが変わる。

「じゃあ、鶯谷から乗ろうぜ!!」

「そうだな!!」

みんなは右のポケットにマヨネーズを突っ込み、遠出をするワクワク感とギリギリのお金を持って駅に向かって歩き始めた。

僕は、大きなマヨネーズを手に持ったまま先頭に立ち、鶯谷で宝石店をやっている親せきを自慢しながら道案内をした。

友達と歩く遠い道のりは心強かった。

駅が見えると、走って券売機へ。一番安い小人の切符を買うと、待ち合わせをしている大人の脇をすりぬけて改札口に。一人一人切符を出してハサミを入れてもらう。改札をぬけると、順にホームに向かってまた走り出す。

走り出した奥山のポケットからマヨネーズが落ちる。それを次に走った竹田がひろって奥山にわたす。大事なものでもないがなぜか持ち歩いていた。

「なぁ、まずどこ行く？」

「そうだな。一周するにもどこからはじめるか、だよね」

「じゃあ上野にするか？」

「いや、上野より、東京駅じゃない？」

「おおぉ、確かに」

いっせいに納得した。星野は口数こそ少ないが良いことを言う。

「東京駅って新幹線走ってるしな」

「いいねぇ、東京駅行こう!!」

まずは京浜東北線に乗って東京駅に向かうことにした。山手線でも行けるが、スタート地点まで山手線はとっておいた。先にきた山手線をパスしてとなりのホームの京浜東北線に乗り込む。先頭車両に移動して運転士さんを横目に見ながら景色を楽しむ。

上野を過ぎ、御徒町、秋葉原、神田。

「次は〜東京〜、東京ー」

星野がアナウンスの声マネをして扉の前に陣取る。

電車がホームに入ると、反対側の扉が開くことに気付き大爆笑。笑顔でホームに降りたった。

「東京駅だ！」

「新幹線は？」

「あそこにあるよ!!」

「カッケー!!」

ハシャギまくった。

「よし、じゃあ次、来たやつに乗る？」

「一周どれくらいかかんのかな？」

「二時間ぐらいじゃん！」

「そんなに？」

楽しい会話がつづく。「前の駅を出ました」と書かれた看板のランプが点《つ》いた。

「よし、次のに乗ろうぜ!!」

「うん!!」

すると、奥山が、

「なぁ。マヨネーズ邪魔じゃねぇ？」

みんなのポケットからマヨネーズのお尻が顔を出している。

「たしかに邪魔だナ」

と、口々に言う。

「お前らのはいいよ。まだ半分ポケットに入ってるから。俺なんてずーっと手に持ってんだぜ!!」

星野が僕に向かって言った。

「飛田。ダセェーな！」

「ウルセェー!! お前らも持ってんだろ!!」

みんなが笑う。

「なぁ、今からマヨネーズ持って電車に乗るの恥ずかしくない?」

「そうだな」

「バカ。もう乗っただろ。俺なんかずっーと手に持ったまま乗ってきたんだよ!」

「飛田。ヤッパ、ダセェーな」

「ウルセー!!」

「なぁ、捨てる?」

「でも捨てるのももったいなくねぇ?」

「マヨネーズだけ食ってもしょうがねぇしな」

平山が、

「なぁ、このマヨネーズ使って遊ばない?」

「え? どうやって?」

みんなが注目する。

「山手線が来るじゃん。そんでドアが閉まって動きだしたら、マヨネーズをかけんの。そんで、どんだけ長くかけられるか、横にずーっと長い線がかけるかやらない？」

「えーっ？　ヤバくねぇ？」

「絶対怒られるよ！」

「大丈夫だよ。絶対おもしろいって！」

「でもさぁ？」

「どうする？」

困惑した。平山が続ける。

「今なら人少ないし、すぐ次のに乗っちゃえば大丈夫だよ!!」

「…………」

「でもなぁ……」

「よし、やってみっか？」

奥山が乗り気になった。

「竹田もやろうぜ！」

「んー……」

このときばかりは竹田もすぐには切り換わらない。

「怖いのかよ？」

「別に怖くはないけど……」

「じゃあやろうぜ！」

「別にイイんだけど……」

やる派が過半数になりかけている。

「飛田はやるだろ？」

「……俺？……俺は……」

「やんないのかよ！」

「星野は？」

「…………」

星野は黙ったまま。完全に嫌がっている様子だった。

「どうすんだよ‼」

「…………」

「飛田。逃げるのかよ」

「逃げるとかじゃないよ……」

「じゃあ、何だよ?!」

「………」

キッパリ断る勇気が出ずに口ごもっていた。すると、黙っていた星野が意を決したように口を開いた。と、思ったら、

「飛田!」

「?」

「お前が一番有利じゃんか!! マヨネーズでかいし」

「?……」

星野はやる気だった。最初からやる気だったのか途中で気が変わったのかわからないが、なんか裏切られた気分だった。みんなでやるとなったらもうあとは流されるだけ。平山はホラ見ろといった感じで、

「よし! じゃあ、次の電車な。一番なが——く線描けた奴が勝ちな」

一周するはずだった山手線にはとりあえず乗らないことになった。ホームに電車が入ってくる。先頭車両の乗客はまばら。

「ドア閉まります」

出発進行のベルが鳴る。運転士が安全を確認し、先頭に乗り込む。五人が一列に並ぶ。

動き出した。

平山のかけ声。

「せぇーの!!」

一斉に山手線に向かってマヨネーズをかけた。

「うぉー!!」

「それぃ!!」

「イケーー」

「アーハハハ……」

「ウォーー」

「ギャハハハ……」

たいして線など描けなかった。でももうそんなことはどうでもいい。走り去る山手線に
無茶苦茶にマヨネーズをかけまくる。

「スゲェー!」

「スゲー!」

「飛田、イケー!!」

なかなかなくならない僕のマヨネーズ。一心不乱にかけまくった。みんながゲラゲラ笑ってる。息が乱れ、呼吸が苦しくなるほどヤケクソにかけまくった。マヨネーズがかかった山手線は有楽町に向かって見えなくなった。

「ハア、ハア、ハァ……」

「スゴかったナ!!」

「おもしろかったぁー!!」

「飛田、最後までかけてたな!!」

「だってなくならねぇんだもん!!」

みんな興奮状態だった。息を切らしホームにへたりこむ。

「よし、次の電車で逃げるぞ。そのまま一周して帰ろうぜ」

「うん!!」「うん!!」

「うん!!」「うん!!」

次々にくるはずの山手線が、このときばかりはなかなか来なかった。いや、来なく感じた。ほんの二〜三分のことなのに。時間が過ぎるよりも早く興奮が冷めてくる。すると周りの大人たちの目が急に気になる。とてつもない罪悪感が芽生えてくる。早く逃げたい。早くここから立ち去りたい。山手線よ早く来い!!

次に乗る山手線が先に見えた頃には誰もしゃべらなくなっていた。心臓のドキドキが止まらない。耳の奥にも小さな心臓があるようだった。

ホームに電車が入ってくる。ゆっくりと止まる電車に合わせて扉の前に立つ。数人の乗客が降りてくる。それに交差するように次々に乗り込む。先頭の景色の見える右側の窓の下にヘタリこむ。

ベルが鳴り、電車が動きだす。

「次は〜有楽町〜、有楽町〜」

星野の声マネに少しずつクスクスと笑い始める。みんなの顔に血の気がもどった。

「あー、助かったー」

「よかったー!!」

「お前ら何ビビってんだよ!! だからおもしろいっつったろ!!」

「お前もビビってたろ!!」

「だって、飛田のなくなんないんだもん」

「ハハハハハ……」

全員がホッとした。完全に助かった。これでもう何も怖いことはない。さあ、山手線一周のはじまりだ!!

すると、

「ねぇ、僕たち、次の駅で一回降りようか?」

一変してみんなの顔が暗くなった。

八郎の息子警察に捕まる

「有楽町~有楽町~」

本当のアナウンスの声とともに重い足取りでホームに降りた。声を掛けてきたのは四十歳くらいのおじさんだった。

「君たち何で降ろされたのかわかるよね。おじさんは全部見てたんだ。君たちのしたことはとても悪いことなんだよ。ちょっとおじさんについてきなさい」

みんなで顔を見合わせたまま黙ってしまった。

「ホラ！　来なさい」

走って逃げれば逃げられたかもしれないが、悪いことをしたという意識が十分にあったために、みんな観念した。

言われるがままについていくと、おじさんは駅員さんを呼び止め、話しはじめた。駅員さんがどこかへ走って行った。

この後どうなるかわからない不安に体が震えてきた。

階段からさっき走っていった駅員さんが、他の駅員さんと、おまわりさんを連れて上がって来た。


警察沙汰になってしまった。大事件だ。

さらに、とてつもない不安と恐怖が襲いかかってきた。自分たちのしたことが、こんなにも大きいことだったのか、このときはじめてわかった。

確実に親にバレる。叱られる。なぐられる。あれほど人に迷惑をかけるなといつも言われていたのに……。学校にもバレる。先生からも叱られる。どうしよう。どうしよう、ど

うしよう、どうしよう。

そして何より僕が一番心配したのが、
親に迷惑がかかる。

パパの名前に傷がつく。

東八郎の息子が警察につかまった。

こんなことがニュースになったら、それこそ僕はパパにすごい迷惑をかける。パパに嫌われる。


僕らは駅長室に連れていかれた。僕らをつかまえたおじさんは、駅長さんやおまわりさんに見たことを説明しはじめた。大人たちに囲まれ、事の重大さが津波のように押し寄せてくる。心も体も小さい僕たちには耐えがたいプレッシャーだった。

星野はすでに泣いていた。竹田も奥山も平山も、もう泣く寸前。

僕は絶対泣くもんか！　と下唇を噛みしめていた。

おじさんは、電車にマヨネーズをかけている僕らを見つけたとき、つかまえるかどうか迷ったという。見過ごしてもよかったが、僕らと同じ年くらいの子供がいて、自分の子供がしたら許してはならないと声をかけたと言っていた。

扇風機が全力で風を送る狭い駅長室で僕たちは立ったままいろいろ聞かれた。


「じゃあ、君から。名前と住所を教えてくれる？」

「た〜け〜だ〜、の〜り〜と〜」

竹田は一気に泣き崩れた。我慢も限界を越えていたのだろう。しゃっくりのようにヒックヒックしながら、名前と住所を一生懸命に答えた。

やっとのことで答える竹田におまわりさんは、

「大丈夫だよ。怖いことないからね」

と、やさしい言葉をかけながら、

「じゃ、お父さんの名前は？」

「お母さんの名前は？」

「電話番号は？」

「おうちは何してるの？」

「お父さんの仕事は？」

次々と聞いてくる。やさしさより根掘り葉掘り聞かれる恐怖のほうが断然に大きかった。

竹田が終わり、次に奥山。

「じゃ、君、名前と住所おしえて……」

「お〜く〜や〜ま〜」

同じパターンで泣き崩れた。

平山も星野も、おまわりさんの「じゃ、君、……」の言葉がスイッチになっていた。

このとき、僕はちょっと冷静だった。僕には、泣いてなんかいられない理由がある。

パパのことがバレたらどうしよう？

絶対にバレちゃいけない。

みんなの仕事と違って、パパの仕事には迷惑がかかる。特別な仕事なんだ。聞かれたら何て言おう。そんなことばかり考えていた。

四人の涙が止まらないまま僕の順番に。

「君、名前は？」

「飛田貴博です」

「住所は台東区浅草四の……。電話は８７５８６……」

僕はいちいち聞かれる前に、みんなが聞かれていたことを淡々と答えた。そしてみんなと同じように、

「お父さんの名前は？」

僕は少し考えて、

「飛田……弘義です」

おじいちゃんの名前を言った。本名だからわからないとは思ったが念には念をと思った。

「お母さんの名前は？」

「……裕子です」

これは素直に言った。

「おウチは何をしているの？」

「お店やってます」

「何の？」

「飲み屋さんです」

「夫婦で？」

「いや、うちのお母さんが……」

本当は「ハイ」と答えたかったが、友達の手前、「ハイ！」とは言いづらかった。

「じゃ、お父さんは？」

僕は一瞬友達を見て、また少し考え、もう一度泣いている友達の顔を一人ずつジッと見てから、

「サラリーマンです」

と言って、と僕は目を伏せた。するとおまわりさんは、

「よし、みんなよく言えたね。男の子なんだからいつまでも泣いてちゃダメだよ。次は場所を変えて今日のことをくわしく聞くからね」

終わった。よかった、バレなかった。

これからまだどこかに連れて行かれるのか不安だったが、少し安心した。

駅員さんがみんなに麦茶を出してくれた。

みんなもだんだん泣き止《や》み、麦茶をすすった。

駅長さんも、

「もう二度とこんなコトしちゃダメだよ。あとはおまわりさんの言うコトよく聞いてな」

と気づかってくれた。みんなの顔に少しだけだが笑顔が戻った。

そこに仕事を終えた駅員さんが笑顔で駅長室に入ってきた。

「お、君たちが、電車にマヨネーズかけてイタズラしたの？」

もう駅中のウワサになっているようだった。

「すいませんでした」

ずっと泣いていた奥山が言う。

すると、その駅員さんが僕をまじまじと見た。

「アレ、お前なんか見たことあるな？」

僕はゾッとした。

すると奥山が、

「だってコイツ、東八郎の息子だもん」

ためらうことなく言ってしまった。

「………」

「へぇ、そーなんだ。なんか見たことあると思ったら、この間出てたもんなぁ」

駅長室の空気が一瞬にして変わる。みんなの視線が僕に集中した途端、僕は噴火したように泣いた。

すべてが水の泡だ……。

バレた……。

迷惑がかかる……。

奥山……。

いろんな気持ちが吹き出す中で僕は誓った。

『オールスター家族対抗歌合戦』にはもう出ない。絶対出ない。

つい先日の日曜日、家族でテレビに出ていたのをこの駅員さんは見ていたのだ。奥山にも腹が立ったが、駅員さんにも腹が立った。

この番組にうちの家族はしょっちゅう出ていた。何回出ても優勝できないので『かわいそ家族』というキャッチフレーズがつけられ、よく欽ちゃんにイジられていた。その話をこの駅員さんは笑いながら駅員仲間に説明していた。

僕が大きな声で泣いているにもかかわらず。


駅長室の扉が開いた。

「パトカーが到着しました」

「…………」

「よし、じゃあみんな行くよ」

「…………」

「……パトカーに乗せられる……」

不安と恐怖がぶり返し、全員で泣き始めた。

親の顔が見たい

迷子のときとは違って、今回のパトカーの乗り心地は最悪だった。手錠こそしていないがうなだれて顔を伏せる姿はテレビでよく見る、犯人そのものだった。

「さぁ、着いたぞ」

降り立った所は丸の内警察署。先導するおまわりさんが入口で警備をするおまわりさんに敬礼をする。なぜか僕らもつられて敬礼をする。

中に入ると殺風景な部屋に通された。これが取調べ室か……かつ丼出てくるのかな？

……電気スタンドないんだ。

コントで見る風景とは違った。

今度は私服のおまわりさんがやってきた。

「君らか、電車にマヨネーズでイタズラしたの？」

「またいろいろ詳しく聞くからね。ちゃんと答えるんだよ」

「で、東八郎の息子ってのはどの子？」

もう伝わってる……。

「…………」

僕は黙っていた。

「コイツです」

奥山はすぐにチクる。

「へぇ、あんまり似てないな」

目の奥からかれたはずの涙がまた滲《にじ》み出そうだったが、ここはグッとこらえた。私服のおまわりさんは楽しげにつづける。

「トリオスカイライン好きだったなぁ。おじさん、お父さんのファンなんだよ。おもしろいもんな。あんなにお父さんがテレビでがんばってるのに、息子がこんなイタズラしてちゃお父さん、かわいそうだな。絶対悲しむぞ」

親が有名だと怒られるときも最初に怒られる。何かと親を引き合いに出される。友達のお父さんやお母さんのことは何も言わないクセに。

親がコメディアンだとこっちが悲しくても大人はふざける。

「イタズラにしちゃ度を越えてるな。まったく。親の顔が見たいわ。って東八郎か……」

「…………?!」

全然おもしろくない!!　全然おもしろくない!!　全然おもしろくない!!

全然おもしろくない!!　全然おもしろくない!!　全然おもしろくない!!

おもしろくないどころか、ものすごく悲しくなる。親に心配をかけている、迷惑をかけている、やったのは僕らだ。それも重々わかってる。わかってるけど、イタズラしたのはみんなも一緒。五人でやった。みんな同じだけ悪いことをした。同じだけ反省する。同じだけ罰を受ける。それじゃダメなの？

どんなときでも親の名前がついてくる。どんなときでもバカにされる。僕はなんなの？　みんなと同じ子供だよ。特別な子供じゃないんだよ。

パパが悲しむとか言わないで。

こんなときにふざけないで。

反省するから。

あやまるから。

ふざけないでみんなと同じにして。

それでも唇を噛み、涙をグッとこらえる僕に星野が言う。

「飛田、すごい鼻水出てるよ」

涙をこらえた分、全部鼻水になって流れ出していた。でもそんなことどうでもいい。僕の心の中は、

「パパのことは言わないで」

「このこともパパに言わないで」

「何でもするから許して」

「何でも言うことを聞くから」

「真面目になるから」

「弟の面倒も見るから」

「悪い子見つけたら注意するから」

「お願いします」

「どうか許してください」

ずっとこんな気持ちだった。

一人ずつ個別に調書をとられた。

どうしてやることになったのか。

誰が言い出しっぺなのか。

どこからマヨネーズを持って来たのか。

どうなるかわかっていたのか。

動機や経緯、実行犯などを、くわしく細かくしつこく聞かれた。

みんな別々に聞かれたので、誰がどう言ったのかはわからないが、多分、正直に洗いざらい言ったのだろう。

最後に全部の指の指紋をとられた。そのときには一滴の涙も残さずに乾ききった自分がいた。その姿はまるで力石との試合を終えた、ジョーのようにさえ思えた。

一つの部屋に五人が集められた。

五人のジョー。

もう夜の九時を過ぎている。ホームで捕まったのが三時すぎ。疲れるのも無理はない。それだけのことをしてしまったのだから。

「今、みんなのお母さんが迎えに来てくれるから心配しないでちょっと待っててな」

みんなの家に電話したらしい。

僕は思った。

〝会ったらまたママに怒られるんだろうな？〟

「あと、飛田くん、君んちのお母さんにも電話したんだけど来れないって」

「…………」

「迎えに来てくれって言ったら、一晩泊めてやってくださいって言われたよ‼　さすが八郎さんの奥さんだな。アハハハ……」

「アハハハハ……」

「アハハハハ……」

おまわりさんもみんなも笑った。僕は最後まで笑えなかった。

そしてママは本当に来なかった。僕は奥山のお母さんに連れられて一緒に帰った。

山手線は野菜じゃない

家の前にはドレスを着たママが立っていた。

「すいません。ご迷惑をおかけして。大事なお客様が来ていて手が放せなくて」

「いいえ、こういうときはお互い様ですから、また、協力しあいましょう」

ママは深々と頭を下げて僕を引き取った。僕は反省はしていたが、迎えに来てくれなかったことにちょっとふてくされていた。

「ごめんね、たーくん。行きたかったんだけど、今日はパパの後援会のお偉いさんが来てたから本当に行けなかったの」

素直にあやまられるとすぐに仕方がないかと思えた。悪いのは自分だし。

「たーくん、パパが部屋で待ってるから、すぐに行きなさい。ママもすぐに上にあがるから」

また足取りが重くなった。まだ終わっていなかった。一番怖い、パパがまだ残っていた。

扉を開けて階段をゆっくり、ゆっくり上がる。

「たーくん!!」

ちゃあちゃんの声だ。

「たーくん、大丈夫？」

「うん」

「パパが部屋で待ってるって」

「うん。今行く」

三階のパパの部屋の前に立った。少しだけ開いている戸のすきまから正座をして待っているパパの姿が見えた。


「たかひろ！　早く入りなさい」

こちらを見ずに真っ直ぐ前を向いていた。

「座りなさい」

パパの正面に正座をする。パパの顔は爆発寸前、紅潮していた。

「お前は自分がなにをしたかわかってるのか？」

「……ハイ」

「あれほど人に迷惑をかけるな!!　って言ってるのに何やってんだ!!」

「お前は今何年生だ!!」

「……四年です」

「四年生になってもまだマヨネーズの使い方もわからないのか!!」

「…………」

「いいか?! マヨネーズは電車にかけるもんじゃない!! サラダにかけて食うもんだ!!」

「……?……」

「山手線は緑だけど、あれは野菜じゃない!! そうだろ!! 中央線だってニンジンじゃない!! オレンジ色だからってあれはニンジンか?! 違うだろ!! もういい!! わかったらフロに入って早くねろ!!」

めずらしくパパが怒鳴りちらした。途中、怒声の言い回しに気になる点はあったが、勢いからしてふざけているようには思えなかった。ただ少し疑問の残る叱られ方だった。

この日はこれですぐに終わった。

あまりの短さにビックリした。

今でも鬼の形相で、「山手線は緑だけどあれは野菜じゃない」と言ったパパの顔は忘れられない。

後日、ママに聞いた。

パパはあのとき、憔悴《しょうすい》しきっている僕を見て十分に反省しているのがわかったという。そしてこれ以上この子を責めたててはいけない。でも親として、しっかりこの子を見て叱らなければと思い、短くしっかり怒ろうと思ったらしい。

僕を叱ったあとで、怒りすぎたかな？　怒鳴りすぎたかな？　と一人で反省していたという。それを聞いたとき、僕は本気の愛情を感じた。顔色を見ただけで僕のすべてをわかってくれる。そして「山手線は野菜じゃない‼」と僕を叱ったあの言葉は、本気で言っていたということがわかった。

疲れ果てていた僕の心に陽だまりができた。

第四章 ビーバップジュニアハイスクール

ツッパリ！　ミーハー！　てやんでい!!

下町の人たちはとにかく地元を愛している。そして、自分たちの町を誇りに思いすぎて、外には行きたがらない一面がある。

「六本木なんてチャラチャラしてて落ち着いて飲めねえよ!!」

「サンダルで行けるとこしか行かねぇんだヨ」

「上野で十分!!」

逆を言えば、ちょっと臆病なところがあるのかもしれない。普段と違うことをすると緊張し、それをさとられないように虚勢を張る。カッコつけしいで気が小さくて、素直じゃない。何とも人間臭い愛すべき人たちだ。

たとえば、フランス料理を食べに行くとする。行きたいクセに面倒臭がる。行ったら行ったで、「ハシをくれ!!」とか言ってみたり、わざとナプキンをかぶってみたり。料理も「ウマイ!!」とは褒めるが、「量が少ない」だとか、「帰りに牛丼食うか？」とか、余計なことを大きな声で言ってしまう。

そんな大人たちを見て育つ子供もまた、虚勢を張って生きている。

色気づいてくるとグレなきゃカッコ悪いと思ってしまう。

いや、もしかしたら、不良がカッコイイ時代だったのかもしれない。不良は根性があって、純情で、硬派で、一途で、友達想いで、どこか影がある。金八先生も不良を中心に描かれていたし、何よりもこの時代は、横浜銀蝿を中心に、ネコまでもがグレてナメ猫となっていた。

「ツッパることが男のたった一つの勲章だって、この胸に信じて生きてきた」ｂｙ嶋大輔。中高生は、このセリフにやたらと共感していた。

意外とミーハーで感化されやすい下町の子供たちはこのブームに乗り、中学に上がる頃にはみんなちょっとグレていた。

もちろん僕のようにグレたフリも多かったはず。格好だけでも不良じゃないとナメられてしまう。

僕は地元の公立中学に入った。本当に不良だらけだった。ボンタンに長ランにリーゼント。そんな輩《やから》しかいない。窓は割られ、壁はスプレーで落書きされ、トイレには灰皿が置いてあるほどだった。

この光景は、金八先生ではなく、当時社会現象にもなっていた校内暴力のニュースで見たものだった。

そんな先輩たちを見て、僕は、

「ヤバイ、東八郎の息子だとわかったら、何かされるんじゃないか？　小学校のときはバカにされただけですんだけど、今度は、ぶっとばされるんじゃないか？　かつあげされるんじゃないか？　オヤジのマネしろって言われるんじゃないか？……絶対イヤだ。絶対バレたくない。頼む、みんな大人しくしておいてくれ。でも、小学校の同級生のほとんどがこの中学だし……。じきにバレる……。奥山もいるし……」

そんな不安もよそに、はじめての授業の日の朝、

「おい、このクラスに東八郎の息子いる？」

早速、リーゼントの先輩たちがやってきた。しかも、集団で。頭が真っ白になった。死ぬ。確実に殺される。意識が薄らぐほどの恐怖を覚え、声にならなかった。静まり返ったクラスの中で一人勇敢に立ち上がる奴がいた。

「すいません！　コイツです!!」

奥山だった。コイツは腐ったミカンだ。

先輩たちが次々と教室に入ってきて、「お前か？」「似てないな」「ちょっと来いよ」と言われるがまま先輩についていった僕は、三階の踊り場へ。そこにはもっと気合の入った三年生の番長グループがいた。

「お前か？」「全然似てないな」「すいません、母親似なんです」なぜか謝ってしまう。

番長たちは、子供のときに見た、雷門の風神雷神より怖かった。でも、一番怖かったのは、真ん中で僕をにらんでいるパンチパーマの大仏。その大仏、いや、番長には前歯がなかった。

笑えないほど怖かった。


「お前しゃ、ヨード卵のむシュこだろ。ウシャシャシャシャシャ。前からうわシャになってたんだよ。お前んち、歌合シェンでかわいショウなカショクって……」

前歯がないので、サ行が聞きとりづらかった。しかし、それが死ぬほど怖かった。ここで笑ったら、生きては帰れない。

「オイ、お前ら何やってんだ？」

助かった。先生が通りかかった。

「お前ら、一年生呼び出して何やってんだよ?!」

「何にもやってないッシュよ、なぁ」

「コイツ、東八郎の息子なんすよ」

「へぇ、お前か？　全然似てないな」

「すいません。母親似なんです」

先生の間でも噂になっていたようだ。

「いいから君は、自分のクラスに戻りなさい。お前らも悪いことばかりしてると本当に卒業させせないからな!!　行きなさい!!」

ひとまず解散になった。よっぽど怖かったのだろう。来た道を憶えてなかった。

「まったく何て学校だ。希望を胸に入ってきたのに……」

義務教育なのに、卒業があやういだなんてあの人たちはどんだけ悪い人たちなんだ。完全に目をつけられた……。クラスに戻ると、何人かが集まってきて、「どうした？」「何された？」「大丈夫だった？」と心配してくれた。その中に奥山もいたが、怒る気力もなく、「挨拶してきた……」と、ポツリと言うのが精一杯だった。

東八郎の息子っていうだけでこんなに気苦労がたえないなんて、辛い三年間になりそうだ。

我らが竜泉中学校

ある日、家に帰ると、おじさんが遊びに来ていた。おじさんは、僕と同じ中学の出身だ。

「たーくん、竜中に行ってんだって。不良ばっかりだろ。でもおじさんたちのときはもっとすごかったんだぞ」

不良自慢が始まった。ママからは聞いていたが、おじさんは昔、手がつけられないほどの不良で、毎日、ラリっていたらしい。

竜中は、昔から一目置かれるほどの学校で、地元では暴走族養成学校と呼ばれるほどだった。心配な親は他の学校に越境入学させてしまう。現に僕のときも生徒の数は他校より格段に少なかったし、よくよく思えば、ウチの兄貴も他の中学にちゃんと越境入学していた。

「でも、たーくん、安心しな。外で絡まれても、『竜中です』って言えば、絶対助かるから！おじさんたちががんばったからだよ」

聞けば聞くほど学校が嫌になった。

僕はママに訴えた。

「ねぇ、なんで越境させてくれなかったの？　お兄ちゃんのときはちゃんとしたのに、なんで？」

するとママは、

「だって、越境したいって言わないんだもん。言わなきゃわかんないでしょ!!」

ガッカリとはこのことだ。僕はそんなに悪い学校だったこともよく知らなかったし、ましてや、越境という言葉さえも知らなかった。

「どこ入ったって一緒よ。がんばって勉強しなさい。もしかしたら一番になれるかもよ」

どこまでも楽天的なママだった。芸人の嫁は、これぐらいの気持ちでないとやっていけないのかもしれない。

もうこの学校でやっていくしかない。あきらめを胸に通うしかなかった。

僕は立派な不良になった

僕は流されるまま、だんだんと学校の雰囲気に染まっていった。

「僕」から「俺」「ママ」から「ババァ」「子供」は「ガキャア」「ふざけんな!」は「ざ、けんな!!」。

服装も既成の学ランからジョニーケイの中ランに。先の尖《とが》ったテッカテカの革靴にはカチャカチャ鳴る金具をかかとに打ちつけた。髪型もスポーツ刈りからマッチカットに。毎日、チックでクセをつけて学校に行くようになった。

僕は立派な不良になった。と言いたいところだが、不良になんかなれなかった。

これくらいの服装は、この中学では当たり前。本当に怖い不良たちは、中途半端な中ランではなく、短ランか長ラン。隠しポケットにタバコとクシとおじいちゃんの匂いのする丹頂チック。これは、髪の毛をなでつける糊みたいなスティック状の整髪料だ。革の学生カバンは芯を抜いてお湯をかけ、やわらかくしてペッタンコにつぶし、鉄板を入れて、仕上げていた。

ビーバップハイスクールのヒロシとトオルだ。

僕のカバンはクラリーノ、合成皮革で芯も抜けない。お湯をかけてもなんともない。とにかく目立たないためにみんながやっているくらいの崩し方しかできなかった。

実際、グレる勇気もなかったのだが、絶対グレられない理由もあった。

この頃、テレビで強烈なドラマが放送されていた。

『積木くずし』。この時代の人気俳優、穂積隆信さんが書いた告白本がベストセラーになり、テレビドラマ化された。非行に走る娘と両親の戦いがグロテスクに描かれている。リンチ、ドラッグ、暴走族。

これを見た僕は、まずグレるのが怖くなった。そして、もし自分がグレて何かをしたら、パパの仕事に多大な迷惑をかけると確信した。

こんな考えをもつやさしい子は絶対にグレやしない。

しかし、学校に行けば、不良だらけ。ナメられないように適度にツッパったフリをして、怖い先輩や同級生に嫌われないよう、適度な態度をとらなければならない。みんなの顔色をうかがう、一番難しいポジションだ。

不良グループに気に入られて、不良グループに入らなくてすむ方法……。

いくら考えても思いつくはずがない。そこで、まずは嫌われないことを考えた。何をしても目立つので、とにかく挨拶だけはちゃんとしようと思った。

校内ですれ違うときはもちろん、外で見かけたら、ちょっと遠くても、向こうが気がついていなくても、面倒臭がらずに走って近づき、ひときわ大きい声で、

「こんにちはっす!!」

どちらかと言うと、先輩よりもまわりの人に、私はこの人を尊敬しています。大事な先輩なんです、と聞こえるようにキチンと頭を下げて挨拶をする。

とくに先輩が友達や彼女、誰かといるときに挨拶をすると、「コイツ、東八郎の息子なんだよ」と自慢する。すると、一緒にいる人が、「へぇ、すごいじゃん。お前の後輩なんだ」と言って、なぜか先輩の株が上がる。先輩は「じゃあ、また明日な」とゴキゲンで去る。

……ちょっと待てよ……。

「これだ!! 見つけた!! 東八郎の使い方」

このとき、久々に閃いた。名前を隠すんじゃなくて、上手く使うんだ。

コレといった決め手はまだなかったが、学校生活を少しでも楽しく過ごせる方法が見つかる気がした。分析すると、息子だということを自分から言うのではなく、人に言わせる方がいい。自分では言われたくないオーラを出しつつも、言われるのはイヤなんだけど先輩のためですから仕方がない、特別ですよ、みたいな感じ。

これが先輩たちの心をくすぐるようだ。

相手を偉く見せる挨拶は、相手を気持ちよく、大きく見せる挨拶だった。実は、子供のときから挨拶だけは得意だった。友達の家に遊びに行ったときも、もじもじする子より、大きい声で元気よく、「こんにちは」「お邪魔します」と言う子供の方が気に入られることに気づいていた。さらに、僕の場合は、「あら、さすが東さんとこの子ね」と褒められる。

お菓子もくれる。

ジュースもくれる。

うまくいけば、お小遣いもくれる。

大人に好かれる方法は知っていた。これが応用できるとは。

不良の世界は年功序列、上下関係の厳しい世界。先輩方に気に入られる僕は、同級生の不良にもイジメられることもなく、仲良く付き合ってもらえた。

挨拶の大切さを心の底から知った。


しかし、気に入られると危ないときもある。

あるとき、先輩に、土曜の夜の集会に来ないかと誘われた。

「集会？」

「OBも来るし、みんな紹介してやるよ」

「あ、はい、ありがとうございます」

思わず、お礼まで言ってしまった。

集会ってことは、怖～い先輩たち、つまり、暴走族が集まるってことだよな。そんな会合に出て、学校にばれたらどうなる？　行ったたってだけで不良だと思われる。警察に捕まったりしたら、まさに積木くずしだ。どうにか断らなくては。でも行くって言ってしまったし。何か不良が納得するよい理由はないものか。

絶体絶命

中学に入って仲良くなった友達、松尾。僕はこの頃、毎日、松尾と一緒にいた。コイツとは話もよく合うし、同じ気持ちをわかちあえる友達だった。というのも、コイツには同じ中学を卒業した姉がいて、この姉が地元じゃかなりの有名人。卒業した番長の彼女で、レディースでブイブイ言わせていたヤンチャなお姉ちゃんだったのだ。

松尾自体は、僕と一緒で気が小さく、不良になれる気質もない。なのに、不良の先輩方は松尾の姉ちゃんを慕っていたため、

「松尾さんの弟さんですよね。何かあったら、なんでも言ってください。お姉さんに言われてますんで……」

とたびたび声をかけられていた。

松尾は、不良が話しかけてくるだけで怖くてしょうがないと言っていた。できたら関わりたくないのに、関わりをもってしまうというのも同じ境遇だったので、どんどん仲良く

なった。集会のことも、松尾の姉ちゃんに頼めばどうにかなるんじゃないかと相談したが、余計に話がデカくなってややこしくなるからと断られた。松尾自体が関わりたくなかったのだろう。

やなことをあんまり考えたくない僕らは、何かとファミコンにあけくれた。

そして、ドンキーコングのやりすぎで門限の六時を二時間も過ぎてしまった日、いやな事件が起きた。

テキトーな言い訳を考えながら自転車に乗った僕は、なぜかいつもと違う、暗い細い道のほうに入っていってしまった。すると一本道の先に人影が、大勢の不良がたむろっていた。

瞬間的にヤバイと思ったが、引き返すのはもっとヤバイと感じたので、普通に普通に横を通りすぎた。

すると、

「オイ!!」

すぐに追っ手がやってきた。

「オイ!!」

自分じゃないと必死に思い込み、涼しい顔で立ちこぎもせず、足だけでスピードを上げた。

「お前だよ!!　オイ!!」

立ちこぎで追いつかれた。

「えっ、僕ですか?」

「わざとらしいナ、ちょっと顔かせよ」

周りには誰もいなかった。俺がアンパンマンだったらよかったのに……。本当に顔だけ置いて体だけでも帰りたかった。十四、五人の集団だった。タバコを吸っている奴、鉄パイプを持っている奴、チェーンを持っている奴。

絶体絶命。

「お前、何逃げてんだよ」

「逃げてないです」

「スピード上げただろ!!」

「いいえ、普通に気づかないで走っていただけです」

「ウソつくんじゃねぇよ!!」

明らかに年下に見えたが、敬語で答えた。

「お前どこ中だよ」

「竜中です」

「竜中か……。最近、竜中、生意気だからそろそろシメないとな……」

おじさんはウソつきだった。竜中って言ったって助からない。全然ビビる様子もない。

「お前さ、コイツとタイマン張れよ」

「え?!　いいです。いいです」

「いいです、じゃねえんだよ。やるんだよ!!」

僕も小さいほうだが、タイマンの相手は僕より小さかった。不気味だった。ヤル気マンマンのコイツは、たぶん小学生だ。強いのかもしれないし、僕が勝っても結局コイツらにやられるなと思った。

もう助からない、死んだつもりでやるしかない、と思った瞬間、不良の中に見覚えのある奴を見つけた。そいつは銭湯でよく見かける奴だった。

よし、こいつを突破口にすれば助かるかもしれない。そう思った僕は、一か八かの賭けに出た。

東八郎の使い方・応用編。

僕は覚悟を決め、

「わかった。じゃあ、やるよ」

とイヤイヤながら、タイマンを張る気を見せた。そして、自転車を片付けるフリをして、見覚えのある奴のそばに近づき、やたらと目線を合わせた。すると、ふと僕に気づいたそいつが、

「アレ、お前、東八郎の息子じゃない？」

と言った。

〝よしきた〟

「え、マジで?!」

「ウソ、八郎の息子？」

みんなが笑顔で食いつきはじめた。

僕はすかさず、

「だったら、何なんだよ!!」

とイキガリながらも認める言葉を放った。

すると、グループのリーダーらしき不良も、

「へぇ、そう言えば何か見たことある気すんな」

「スゲー、東八郎の息子かよ」

急にチヤホヤされはじめた。

「俺さ、堀ちえみのファンなんだよ。サインもらえないかな？」

「サイン？　もらえますけど」

イキがった態度を少しずつ減らしながら、どんどんと質問に答えていく。

「俺、キョンキョン、好きなんだけど」

「キョンキョン？……どうにかします」

「明菜によろしく言っといて」

「明菜ですね。絶対に言っておきます!!」

「中山美穂に会ったことあんの？」

「俺はないですけど、オヤジはあると思います」

「スゲー」

空気は一変、どんどん和やかムードに。


「何だよお前、もっと早く言えよ」

「すいません」

「サイン頼むな。マジで、もう帰っていいよ」

「ハイ」

「気をつけて帰れよ。このへん不良が多いから」

「アハハハハハ」

「ギャハハハハ」

助かった。上手くいった。こんなにも食いつきがいいとは……。

「じゃ、失礼します」

帰り道、足が震えて、自転車を上手くこげなかった。僕は心から「東八郎の息子でよかった」と思った。小学生のときと違って、中学生はバカにしない。むしろ喜んでくれる。思春期になり、尊敬していたはずの父を恥ずかしく思ったり、隠そうとしたり、家でも素っ気ない態度をとってしまったりしていた。なのに、このときばかりは名前を使い命拾いをし、情けなくもあり、ありがたくもあり、複雑な気持ちになった。

このとき、心に刻まれた教訓。

『息子とハサミは使いよう』

家族対抗歌合戦で恩返し

命拾いしたこの夜、早速、パパへの恩返しのチャンスに恵まれた。

今度、家族対抗歌合戦の特番があるので、みんなで出てほしいと頼まれた。僕ら兄妹は、だんだんと色気づいてテレビに出ることに抵抗を感じていたので、機会がある度に渋っていた。六歳上の兄貴は露骨に断ったが、僕は勝手だが助けられた思いがあるので、ふてくされたような顔をしながらも、「別にいいよ」と言って快諾した。もちろん恩返しの気持ちが大部分を占めていたが、さっきの命拾いでテレビに出たほうがメリットがあるのでは、という気持ちになったのも事実。そして僕は言葉にはしなかったが、「俺が出るんだから、お前らも出ろよ」というプレッシャーを妹たちにかけ、「たーくんが出るならじゃあ、私たちも出る」という感じで、僕から下の四人は出ることになった。

物心がついてから初めて「テレビに出たい」と思った。

そして、この勢いで、先輩にあのことを断ろうと思った。よい理由も見つかったし。

翌日、先輩のもとへ出向いた僕は、

「すいません。せっかく集会に誘ってもらったのに行けなくなっちゃいました」

と怖がらず言った。

「何でだよ」

「欽ちゃんの家族対抗歌合戦にみんなで出ることになって、集まって歌の練習ができる日が土曜日しかないんです」

「え、お前テレビ出るの？　スゲーな!!」

「俺も出てぇなぁ。お前絶対優勝しろよ」

「ハイ!!　松田聖子とか榊原郁恵の家族も一緒なんでもらえたらサインもらってきますね」

「マジで？　やった〜！」

許すどころか応援までしてくれた。下町の不良はミーハーでよかった。八〇年代がアイドル全盛でよかった。

中学生になるとテレビに出ることがスゴイと感じるようになり、コマーシャルや人気番組、人気アイドルと一緒に出てるのをうらやましがるようになってくる。大人になるにつれ、価値観が変わってくるのだろう。

歌合戦の放送を見てみると、妹と弟が元気よく楽しそうに歌っている。その横でマッチカットでカッコつけながらもシャイな感じで一緒に歌う俺。家族で、〝一本でもニンジン〟を熱唱していた。

そして、また優勝を逃していた。

第五章 高校受験

中学校は義務じゃない

中学三年。この頃になると、価値観や倫理観も形になり、善悪の区別も確実にできるようになってくる。さすがに父のことをバカにする奴らは少なくなっていた。言われすぎて免疫ができていたのかもしれないが、学校で話題が出てもさほど気にならない。

みんなもそれどころじゃなかったのかも。不良だらけの学校とはいえ、受験が近づくと、生徒たちは近い将来のことを考えはじめ、勉強するようになってくる。

生活態度の良い生徒は内申点が高いので、多少バカでも良い都立高校に入れる。生活態度の悪い生徒たちが良い学校に行くには私立を目指すしかなかった。不良すぎて勉強も一切しない生徒たちは就職を希望する。公立とはいえ、一応進学率を気にするのが先生の仕事。どんな生徒にもやたらと進学をすすめ、なかには片道二時間もかかる茨城の学校をすすめられている奴もいた。

僕の成績は、偏差値で言うと四十五から四十八くらい。普通を五十とするとほんのちょっとバカ。下の上くらい。一応、高校には行こうと思っていたが、どこでもよかった。とくに将来の夢もなかったし、なるべく不良の少ない学校に行きたかっただけ。都立の高校を友達が見学に行くというのでついていくと、そこは、制服ではなく私服で通う高校だった。不良も目立たず、女の子がかわいく見え、ちょうどいいくらいにおバカな高校だったので、僕もここにしようと決め願書をもらってきた。

今さら勉強して上を目指すのも面倒臭かったし、九月に入り、受験もラストスパートに入っていたので、選り好みする余地もなかった。

そんなとき、パパの衝撃的な事実を知り、驚愕《きょうがく》した。

「たかひろ、高校には行くんだろ？」

「え？　あ……。うん……」

「将来は大学に行くのか？」

「別に……考えてない……」

「できたらパパ、たかひろに大学に行ってほしいんだ。それがパパの夢でもあるんだよ。パパは小学校しか出ていないから、憧れるんだよ。大学に」

「…………」

声にならなかった。

〝小卒？　この人、義務教育すら受けていないの？〟

思春期で、会話もたどたどしくなっていたが、思わず、

「パパ小卒なの？」

「そうだよ」

「……だって、中学も義務教育でしょ」

「しょうがないだろ。貧乏だったんだから」

「貧乏とか関係ないでしょ‼」

「あるよ、おばあちゃんが病気だったから働いてたんだよ。おじいちゃん働かないし、しょうがないだろ」

まさか小卒だったなんて。一家の主が小卒だった。しかも小卒なのに、こんなにがんばっている……。いくつもの驚きがそこにはあった。

大学の附属を目指します！

さすがに今から良い学校を目指すというのも大変な話だが、とりあえずパパの希望通り、少しでも大学に近づけるよう、大学の附属高校の道を考えてみようと、担任に相談してみることにした。

だが、僕は、担任の内田が死ぬほど嫌いだった。しかし、願書などを書いてもらうため、仕方なく相談に行った。

「先生、志望校のことなんだけどさぁ……」

「何だ？　どうした？」

「都立じゃなくて、私立の大学の附属高校に行こうと思うんだよね……」

「お前が?!　アハハハハ……。無理無理、どうした？　血迷ったか、飛田。お前自分の成績見てみろよ、今の学校だってヤバイのに、何寝ぼけたこと言ってんだよ。寝言は寝て言え！　アハハハハ……」

いつもこんな感じなので、とくに腹が立つこともなかったが、いつもこんな感じなので大嫌いだった。

「あのさ、早稲田とか慶應に行きたいって言ってるんじゃないんだよ。どんな大学でもいいから、どっかしらあるでしょ！　附属ってついてなくても、大学に推薦のある学校とかさぁ」

「ないよ。あったってお前にはまわさないよ。バカ。だいたい何なんだ、その口のきき方は……」

「先にそっちがバカにしたんだろ!!」

「そんなんだから内申点が低くなるんだぞ。このままだと今の都立だって危なくなるぞ！」

頼りにならない担任。少しでも相談してみようと思った自分に腹が立った。

しかし、内田の言い方は口汚いが、今さら大学の附属を目指すこと自体、無謀な話だったのかもしれない。

この日の放課後、ほかのクラスの友達が僕のところにやってきた。

「飛田！　お前、血迷ったんだって？」

「何が？」

「さっき内田がウチのクラスに授業しにきてさ、飛田が血迷って急に大学行きたいって言い始めたって」

「ざ、けんなよ。ムカツク」

「そんで、飛田んちはさ、親もバカなことをやってるから息子もバカなこと言い出すんだって笑ってたぞ、そんで……」

僕は友達の話を聞き終わる前に、職員室に向かっていた。引き戸を開け、いつもより丁寧に「失礼します」と声を掛け、ズカズカと担任の内田のもとへ。

「どうした飛田。まだ寝ぼけてんのか？」

「オレ、バカな都立行くのやめたから。内申点とか気にしないで私立に行くわ」

それだけ言って職員室を後にした。

僕の快進撃

九月も半ばを過ぎていた。ここから僕の受験勉強が始まった。腹を決めた僕は、まず、「合格」と染め抜かれた鉢巻《はちまき》を手に入れようと、帰り道、仲見世のお土産屋をさまよった。しかし、思うようなものは見つからず、とりあえず「一番」と染め抜かれた鉢巻を買った。

そして、僕は家に着くなり、「家庭教師をつけてくれ」と母親に頼み込んだ。急にヤル気になった僕に、驚きを隠せない母親は、「また形から入って」と不安をのぞかせたが、「いいからつけて！」と強引にお願いした。

二日後には家庭教師がやってきた。現役の大学生。メガネをかけ、服装も地味な色使い。いかにも真面目を絵に描いた感じ。

「先生、俺、今、偏差値が五十もないんだけど、大学の附属高校に行きたいのね。間に合うかな？」

「この時期からじゃ結構ツライね。みんながやってなくて一人だけ勉強してれば、スゴく伸びるけど、受験生はみんな勉強してるからね。だから、無謀に上を見るよりは、実力のちょっと上を目指して、がんばらない？　大学は高校に入ってからでも、目指せるから……」

なるほど。一理あったが、一日でクビにした。今の僕に必要なのは、現実じゃない。今欲しいのは、無茶な行為に付き合ってくれる勇気。クマに逆らうシャケの心意気。刀で鉄砲に立ち向かう勇気だった。

次の日。また新しい家庭教師がきた。なぜかテニスルック。息も上がっていた。聞けば、サークルでテニスをやっていて、このままだと遅刻だと思い、着替えずに電車に飛び乗り、駅からも走ってきたという。白のショートパンツから覗《のぞ》く足は、石黒賢よりも毛深かった。

もうありえない。

でも、一応、一通り受験のことを話すと、

「うん、じゃあがんばろう!!」

とにかく軽かった。

「附属の高校に行けるかな？」

「行けるんじゃない？　自分次第でしょ」

「でも、今からじゃ無理じゃないの？」

「無理だと思ったら無理。やってみようよ。現に僕だって初日から遅刻するかと思ったけど、あきらめないでダッシュしたら着いたでしょ！　ヤル気だってヤル気」

たいした説得力はなかったが、もうこうなったら誰でも一緒だと思い、とりあえずこの人に教えてもらうことにした。

「じゃあ、まず飛田くんの得意な教科から教えて」

「まあ、得意なのはないけど、しいて言えば国語かな……」

質問に答えているのに先生は着替え始めた。

得意な科目、嫌いな科目、勉強の仕方など、この日は二時間みっちり話し込んだ。最後に志望校をいくつか挙げて終わった。

帰り際、ちゃあちゃんが夕飯を持って上がってくると、新しい家庭教師は、「一人暮らしなので、すごく助かります」「家庭の味は最高だ」と二回もおかわりをして上機嫌で帰った。

受験勉強は、誰かがやるものでもない。自分でするものだ。自分次第。まずは机を片付けよう。ファミコンも封印だ。

家庭教師がついてから一ヶ月。実力を試すときが来た。

毎月行なわれる業者がやっている実力テスト。これは全国数万人の受験生が受け、偏差値や志望校の合格率が出る、受験の目安になる実力テストだ。

この一ヶ月、一心不乱に勉強した。一日最低八時間。パパの小卒という学歴を中和したいのと、内田の鼻をあかしてやりたいと思う気持ちから気合が入った。しかし、兄妹がうるさいのと、努力する姿を見せたくないのとで、ほとんど家ではやらず、図書館や児童館、友達の家、ときには公園のコーヒーカップで勉強した。週末は友達の家に泊まるとウソをつき、家庭教師の家まで押しかけることもあった。

勉強方法はいたってシンプル。家庭教師が持って来た簡単なドリルをひたすら解いていき、間違った問題を解説してもらい、正解した問題は自らが解説する。とくに不得意な英語と数学に力を入れた。

そして、学校での授業はほとんど聞かず、授業中もドリル。内田の授業は全部うつぶせでボイコット。とくに怒られもしなかった。心を落ちつかせ、テストに臨む。

思ったよりスイスイ解ける。不得意な科目を重点的にやったため、伸び幅が著しい。まだまだ解けない問題も多かったが、答案用紙の解答欄はほぼ埋まった。今までにない手ごたえだった。

一週間後、結果を見て、僕は鳥肌が立った。前回四十八だった偏差値が六十一になっている。一気に十三ポイントアップ。信じられない結果が出た。初の六十台。子供の頃から通知表によく書かれていた通り、「やればできる子」だったのだ。

僕は友達に自慢した。みんなも僕の快進撃にビビッていた。

中休み。担任の内田に呼び出された。職員室に行くと、

「飛田」

「はい？」

「お前カンニングしただろ」

「は？？　してませんよ」

「ウソをつくな」

「…………」

「実力を見るためのテストでカンニングしてどうするんだよ。高い金払ってんだから、意味ないことすんなよ」

「だから、してないって……」

「イキナリこんなに上がるわけないだろ」

頭ごなしに疑われた。

「信じないなら別にイイけど……」

「お前さ、私立に行くんだろ。最後に都立に行きたいって言っても、俺、願書書かないからな」

「ハァア？　オレはバカな都立なんか行ってもしょうがないから私立に行くんだよ」

「ったく、お前みたいなバカ息子をもって親はかわいそうだな」

「……かもね。でも、俺だってたまには喜ばすこともできるよ。実は俺、こう見えてもやればデキる子だから」

内田はあきれかえった顔をしていた。

「……お前は本当にバカだな」

「ああバカだよ。でもバカなことってのは、本当にバカじゃできないって知ってた？　俺もオヤジも本当はバカを装っているだけだから……じゃ」

「オイ、飛田」

「…………」

「飛田！　ちゃんとスベリ止め受けとけよ。後悔するぞ」

「そんなのいらないよ。東八郎の息子だよ。スべるわけないじゃん」

一世一代の啖呵《たんか》を切った。こんなに強気に出たのもはじめてだった。こんなに調子に乗ったのも、こんなに身震いしたのも、ヤル気が出たのもはじめてだった。はじめて偏差値が六十を越えた。これもまぐれだったのかもしれない。でも、このまぐれをつづけてみせる。

パパの遺伝子

それからというもの、僕はさらに勉強の虫になった。最初のうちは、机に向かうと小学校の卒業アルバムばっかり眺めていたが、今では、家庭教師の持ってくる有名私立高校過去問題集を次から次へと解きまくり、日に日に自信と手応えを感じるようになっていった。

偏差値も六十一から六十五、六十七とみるみる向上し、大学の附属高校も射程圏内に。順位も学年でベスト30に入り、まぐれという言葉は当てはまらなくなっていた。

僕は家庭教師と相談して志望校を決めた。

「専修大学附属高等学校」

そこそこ頭のいい、いわゆる私立の坊っちゃん学校。

実力テストでは合格する確率五十パーセント。生活態度が悪いせいで単願推薦も併願推薦もない。実力一発勝負。この学校は早稲田、慶應のすべり止めで受ける生徒も多いので、一般受験だとかなりリスクのある選択とのこと。それでも僕はこの学校にこだわった。

受験当日。朝起きると、テーブルにはパパの作ったのり弁が置いてあった。横には、「がんばれ。たかひろ」と書かれた小さな手紙。僕は、手紙を学生服のポケットにしまい、弁当のフタを開けた。

パパは心配で寝つけなかったのだろう。ごはんがまだ温かかった。パパの弁当で勇気を満腹にした僕は気を引き締めて受験会場に向かった。

テストは思っていたより難しく感じた。わかりそうでわからない問題があるとポケットの外からパパの手紙をさわってパワーをもらった。手ごたえも何もない。テストにぶつけた気力が自分の実力。結果は誰にもわからない。

合格発表当日。この日の朝はとくに何も変わったことはなかった。いつもどおり学校に行き、まだ受験の終わっていない生徒は自習。発表のある生徒は出席をとったのち、それぞれの学校に散らばった。

僕は一人、電車を乗り継ぎ高校へ。すれ違う中学生が笑っていたり、肩を落として親になぐさめられていたり。一人で発表を見るのは、正直怖かった。校門の前に立ち、気持ちを整え合格発表の掲示板へ向かって歩く。

受験番号は七四七番。七〇〇番台は大きな掲示板の中央あたりだ。

あと十メートル。一気に近づこうとしたその瞬間、受験生のすれ違う合間にスポットライトが照らされたように、僕の目に数字が飛び込んできた。七四七番。

「あった!!」

遠くから数字を見つけた。近づいてもう一度確認。手にはパパの手紙を握り締めていた。

事務所で合格通知と入学手続きの書類をもらい、すぐ家に電話をした。

「あ、ママ。合格した……」

「あらそう。よかったわねぇ。スゴイじゃない。パパ喜ぶわよ」

「うん。学校にも報告に戻んないといけないから、じゃあね」

　僕は内田に報告しなくてはならない腹立たしさと一緒に中学校に戻った。そして、一発驚かしてやろうと、合格通知の入った封筒を腹にかくし、職員室の内田のところに向かった。

「飛田、どうだった」

「俺……、やっぱり落ちたわ」

「フフ……。だろ!!　だから無理だって言ったんだよ。調子に乗って高望みするからだよ。お前スベリ止めの願書出してないんだろ。二次募集でもう一回だな。アハハハハハ」

「ウッソ〜!!」

「……?……」

「ウソ。受かったよ専大附属。ホラ合格通知」

「……お前……」

「何が、だろ‼　だよ。バカをバカにすんな」

「…………」

最高に気持ちよかった。ウチのオヤジがバカなことをやっている？　冗談じゃない。一生懸命バカを演じているだけ。そう思わせないところが一流の証。小卒かもしれないが、本当は頭が良くなきゃできない仕事。能ある鷹は爪隠す。人をバカにする奴はバカを見る。僕は今でも、内田のおかげだとは全然思っていない。パパの頭の良さが遺伝していただけ。もしかすると、ママの遺伝子かもしれないけど。

家に帰ると、パパとママが揃っていた。

「たかひろ、おめでとう」

「よくがんばったわね。ママ、みんなに自慢しちゃう」

「パパは最初から受かると信じていたよ。七四七番、受かりそうな番号だもんな」

パパは一ヶ月前に一度見ただけの受験番号を憶えていてくれた。その気持ちがすごくうれしかった。

「たかひろ、今日はお前の食べたいもの、食べに連れていってやる！」

「別にいいよ……」

「いいから、何がイイ？　でもな、あんまり高いのはダメだぞ。お前合格させるのに二千万円もかかってるんだから」

「俺は裏口かよ!!」

人の気持ちも知らないで、何でもギャグにするパパ。俺、パパのおかげ、いや、パパのせいでがんばったんだからね。

エピローグ――父との約束

パパ、パパ、パパは今何をしていますか?

この年になって、いまだに〝パパ〟と言うのも恥ずかしい話だが、僕の中ではパパのままで付き合いが終わってしまっている。

今思えば、子供の頃の僕は、人一倍神経質だった。

なんでも人と比較し、勝ち負けを決める。そのことで自分をアピールしたかったのだと思う。

もっともっと接したいのに父は家にいない。

家にいても兄弟だけで五人もいるとなかなか相手をしてもらえない。

親は小さい子供から面倒を見ていくし、もちろん平等に扱っているつもりではあったのだろうが、その中で自分に気を持たすには、何か行動を起こさなければならなかった。

学校では父の話題でもちきりなのに、実際親子のコミュニケーションは、決して多くはない。そのフラストレーションを埋めるために、イタズラやウソといった形で表現してしまっていたのだろう。

しかし、子供だった僕から見ても、父は少しでもさみしくならないように一生懸命家族につくしてくれていた。夜遅く仕事から帰って来ても夜中のうちに僕らの朝ごはんを作っておいてくれる。シチューだったり、おにぎりだったりいろいろあったが、とくに僕らが気に入っていたのはのり弁だった。

朝ごはんが弁当箱に入っているのは不思議だったが、大きい順に並べられた弁当箱には、それぞれの名前とメッセージが書かれた小さなメモがついている。

自分のためだけに作ってくれた感じがとてもうれしかった。

会える時間は少なくても、いろんな工夫をしてコミュニケーションをとってくれていた。

明るくてやさしくてまっすぐな父。

今、振り返ってみても、嫌いになった記憶がない。思春期に素っ気ない態度こそとってしまったが、気恥ずかしかっただけで、絶対的に尊敬していたし、大好きだった。

これは僕の勝手なイメージだが、父親と過ごす時間がもっと多い家庭であれば、日常のなかで傷つけ、傷つけ合い、お互いの存在を疎ましく思う時期を迎えても、それを乗り越えてさらに絆を深めていくのだろうが、僕の家ではそこまでできる父と息子の時間がなかった。

多忙を極めるなかで、一切、手を抜かず、結果を出す父の姿に、尊敬の気持ちから必要以上に距離を感じていたのかもしれない。お互いに気をつかい合っていたことが残念でならない。

しかし、この距離感が僕を育ててきたことも事実。少しでもこの距離を縮めたいと今でも思っている。

僕は今、父と同じ芸能界にいる。とくに芸能界に憧れはなかった。というのも父の周りにはたくさんの芸人さんやお弟子さんたちがいたが、ほとんどの人が志半《こころざしなか》ばでやめていく。芽も出ない、舞台に上がれても生活ができない。そんな苦しい現状を子供の頃から見て知っていたから。

それでも僕は、芸人を志した。そしてすぐに東八郎の息子という肩書きを内緒にするようになる。

東八郎の息子であることで特別な扱いをうけるのではないか、うけているように見えるのではないか、自分の力が正しく評価されないのではないか、いろいろな思いがあった。生意気だったのかもしれない。自分を守るためだったのかもしれない。

どんな理由をつけてでも、東八郎と向き合うのが嫌だった。だったら芸能界なんてやめてしまえばよかったのかもしれないが、不思議とやめようと思ったこともない。

実は、父との約束があったんです。

高校三年生の頃、僕は、ろくに学校も行かず、家にもよりつかなかった。注意されても全て無視、将来について何も考えていなかった。

そんなとき、進路について話し合いの機会がもたれた。あんなにがんばって大学の附属高校に行っておきながらも卒業さえ危うく、かといって、就職もしたくない、真剣に選択を迫る両親に僕はフザけて、「役者にでもなろうかな？」と言い放った。

父は烈火の如く怒り、「お前みたいな中途半端なやつにつとまる世界じゃない。お前が思っているより厳しい世界なんだ。フザけてないで真面目に考えろ‼」

そう怒鳴られた僕は、

「俺の勝手だろ。俺は俺のやりたいようにする。役者になるからってパパの力を借りる気もないし。劇団にでも入って好きにやるよ。だから放っといてくれ‼」


売り言葉に買い言葉。

ただ単に反抗しただけだった。

何度も生意気な口をきく僕に父は最後にこう言った。

「そうか、お前は俺がこれほど言ってもわからないんだな……。だったら好きにすればいい。パパとは関係ない所で何でもすればいい。ただこれだけは忘れるな。何があっても、俺はお前の味方だからな」

この言葉を聞いたとき、やっと我に返った。小さな意地を張って、ただただ反抗する僕に、まだ真剣に向き合ってくれる。大きなやさしさで包んでくれる。

本当に心から申し訳ないと思った。

感謝の気持ちでいっぱいになった。

いきがってしまった手前、ありがとうもごめんなさいも言えなかった。一人部屋にもどり泣きじゃくった。

そして、これが最後の思い出となってしまった。とり返しのつかないことをしてしまったと今でも思っている。

その後、僕は高校をどうにか卒業したものの、就職もせず、たまにアルバイトをしては行かなくなり、また次を探すといったことをくり返していた。

無駄に毎日が過ぎていく。

昨日と同じ日をくり返すはずだった一九八八年七月六日。その日は猛暑日だった。

「パパー!!　パパー!!」

「誰か来て!!　パパが……、パパが……」

ただならぬ叫び声で僕は目を覚ました。何が起きたか把握できないまま、声のする父の部屋へ。

そこにはあきらかに様子のおかしい父が横たわっていた。

ひと目見て、僕は死んでいると思った。ゆらしてもたたいても返事がない。心臓の音が聞こえない。体が冷たい。

「パパ!!」

「パパ!!」

「パパ!!」

みんなで叫び続けた。

「救急車呼んで、救急車!!」

このとき、家には僕と兄貴とちゃあちゃんと弟子、マネージャーしかいなかった。みんながあわてふためくなか、僕はパパの横で、「ねぇ、起きて、パパ起きてよ……」とつぶやくばかり。

昨夜、遅くにフロから上がったとき、リビングでひとり晩酌をする父に会った。真っ赤な顔をして、大好きなピーナッツと焼酎のウーロン茶割りを飲んでいた。

「おう、たかひろ。まだ起きてたのか?」

「うん、おやすみ」

素っ気ない会話をした。

昨日は、あんなに真っ赤な顔をしていたのに……。

救急車が到着し、救急隊員が階段をかけ上がってくる。

「こっちです。急いでください」

「助かりますよね」

「助けてください」

「お願いします」


「落ち着いてください」

救急隊員がなれた手つきで素早く確認をする。脈、心音、呼吸。すべて止まっていたはずだが、

「病院に運びます」

と言って、冷たくなった父を担架にのせてくれた。

外に出ると、すでに人だかり。近所の人たちが心配をする。

「ねぇ、たーくん、どうしたの?!」

「八郎さん?」

「ハッちゃん、どうしたの?」

救急車には返事もしない父と弟子とマネージャーが乗った。けたたましいサイレンとともに救急車は動きだす。

病院に着いたら連絡すると言われたが、僕はいたたまれず、バイクで後を追い

かけた。サイレンの音を頼りに車の横をすりぬけ、救急車に追いつく。

この日は、入谷の朝顔市のため、規制がしかれ、道が混雑していた。

救急車のアナウンス。

「左に寄ってください。救急車が通ります。左に寄ってください!!」

一秒でも早く病院に着けば助かるかもしれない。そんな気持ちで僕は、バイクのクラクションを鳴らし、道をゆずらない車にアピールした。

「どいてください。どいてください!!」

一台どいてもまた一台と、なかなか救急車はスムーズに進めない。

パパが死んじゃう。


さらに、クラクションを鳴らし、エンジンをフカし、身動きのとれない車をあおる。救急車は対向車線にはみ出し、やっとのことで、渋滞を抜けた。行きついた先は、浅草からだいぶ離れた千駄木にある日医大附属病院。

何人もの医師や看護婦が救急車に群がり、またたく間に父を連れ出す。僕はバイクを停め、医師たちの声の飛び交う器械だらけの部屋に入った。すでに蘇生処置が始まっていた。

「聞こえますか!!」

「聞こえますか!!」

心臓マッサージをする人、声を掛ける人、首に手をあて眼球をのぞく人、器械に電源が入り、父の周りから一気に人が離れる。

電気ショックに体が弾む。

何度も何度も体が弾み、その都度、ベッドにうちつけられる。弾んだ余韻が自らの意志で動いているかのようにも見える。

「パパ起きて!!」

「パパ起きて!!」

僕の声に驚いた看護婦が僕を部屋の外に連れ出す。

別部屋に通された僕は、悲しみという感情ではなく、怒りやら希望やら戸惑いやらで体を震わせるばかりだった。

連絡を受けた家族が次々に病院に到着する。ママやちゃあちゃん、おじいちゃん、おばあちゃん、おじさん、おばさん、制服姿の妹や弟、そして、パパの友達や弟子たち。

励まし合いながらも、これから告げられるであろう現実に肩を落としていた。

「手は尽くしましたが……」

医師から望まぬ言葉が告げられ、現実をつきつけられた僕らは、ただただ泣き崩れた。


突発性脳出血。享年五十二歳。


それでも、現実を受け入れられない僕は、一人、父の死を自分の目で確かめようと、入るなと言われていた部屋にもう一度、入った。

電源の落とされた器械に囲まれて横たわる父。

そこで僕は父と二人きりになった。

涙をこらえながら顔をさすった。

「パパ……起きよう。

ねぇ、起きよう。

みんな泣いているよ。

パパがいないと暗くなっちゃうよ。

これからどうするの？

ママひとりじゃ心配でしょ。

俺はこれからどうすればいい？

ねぇ、何とか言ってよ。

ごめんね、パパ。ごめんね。

ちゃんとあやまるから起きようよ。

ねぇ、悪いところ全部なおすから……。


ねぇ、パパ、俺ホントに役者になろうかな。

俺にできるかな。パパはダメだって言ってたけど、東八郎がこれで終わりじゃさみしいじゃん。

パパみたいにはなれないかもしれないけど、やってみようかな。

ねぇ、やってみてもいい？

パパの分までガンバルから、真面目にやるから、やっても……いいよね……」

「いいよ、やってみな。お前はパパの子だ。きっとできる。きっとできるよ。その代わり、真剣にやるんだよ」

「わかった、がんばるよ。だからパパ、応援してね」

「あたり前だろ、約束したじゃないか。何があっても俺はお前の味方だからな」

「ありがとう。パパありがとう。約束だからね」

あのとき、約束したんです。

確かに声が聞こえたんです。

そして、父はいまだに約束を守ってくれています。だから僕はやめようなんて思いません。

僕のいる芸能界には、今でも父のぬくもりが残っています。

「お父さんには本当にお世話になった」

「お母さん、元気？」

「よくごちそうしてもらったなぁ」

遠い存在に感じ、もう近づくことができないと思っていた父の足跡がここには残されています。

行く先々で声をかけてくれる人たちがいる。

厳しくもやさしくも僕を叱ってくれる人たちがいる。

息子だからと特別な評価をする人もいません。自分で勝手にそう思い込んでいただけで、父を遠ざけていたのは、自分自身だったということに気づかされました。

そんなあるときのこと、母親がうれしそうに僕に言ったんです。

「最近、美容院とか行くとね、『Ｔａｋｅ２のお母さんなんですか？』って言われるのよ。昔は『八郎さんの奥さん』って言われてたのに、何かくすぐったいのよねぇ」

すごく楽になりました。それまで背負っていた意地やプライド、東八郎の息子という肩書き、余計なものが一気にとれた感じがしたんです。

それからというもの、テレビに出るのがどんどん楽しくなりました。バカなことが喜んでできるようになりました。

「バカだなお前」

「バカじゃないの?!」

みんなが笑ってくれる。バカだと言われても全然嫌な気がしない。むしろ親しみをもってくれている感じがして、うれしく思うんです。

子供の頃、あんなに見栄や虚勢を張って〝バカ〟を否定していた自分に一つの答えが出ました。

「お前のオヤジってバカだよなぁ」

あれは褒め言葉だったんです。そして、僕を育ててくれた言葉だったんです。

父が死んで二十年。もしも今、あの言葉を言われたら、僕はなんて答えるでしょう。正しい答えなどないのでしょうが、ときどき考えてみることがあります。

そして今、心から思うこと。

パパと一緒の舞台に立ってみたかった。

パパと一緒にバカをやってみたかった。

親がボケて、息子もボケる。

「お前らバカな親子だな」って言われてみたかった。

でもいつかそんな日が来るかもしれません。僕は何があってもあなたの息子ですから。

本書は書き下ろしです。原稿枚数三〇三枚(四百字詰め)。
日本音楽著作権協会(出)許諾第0811236-801号

著者略歴
東 貴博　Takahiro Azuma
1969年12月31日、昭和の名コメディアン、東八郎の次男として東京・浅草に生まれる。本名は、飛田貴博。88年、父の急逝を機に萩本欽一に師事。94年にお笑いコンビ「Take 2」を結成。『ボキャブラ天国』への出演をきっかけに人気を博す。現在、情報番組の司会やバラエティ、クイズ番組等のテレビ出演ほか、ラジオのパーソナリティ、舞台など多方面で活躍中。本書は、はじめて書き下ろした著書となる。

ニセ坊っちゃん

2008年9月30日　第1刷発行

著　者　東 貴博
発行者　見城 徹
発行所　株式会社 幻冬舎
〒151-0051 東京都渋谷区千駄ヶ谷4-9-7
電話：03-5411-6211(編集)
03-5411-6222(営業)
振替：00120-8-767643
印刷・製本所　図書印刷 株式会社

検印廃止

Printed in Japan
ISBN 978-4-344-01565-4 C0093

幻冬舎ホームページアドレス　http://www.gentosha.co.jp/
この本に関するご意見・ご感想をメールでお寄せいただく場合は、
comment@gentosha.co.jp まで。